Königs Erläuterungen und Materialien
Band 360/361

Erläuterungen zu

Theodor Fontanes

Grete Minde
Unterm Birnbaum
Frau Jenny Treibel

von Harald Gerber

C. Bange Verlag – Hollfeld/Ofr.

Herausgegeben von Klaus Bahners, Gerd Eversberg
und Reiner Poppe Eversberg

2. Auflage 1988
ISBN 3-8044-0350-6

Druck: Beyer-Druck, Langgasse 23, Hollfeld

Inhalt

Seite

Fontane und das Bürgertum

Während seiner Lehrlingszeit lernte Fontane in der Person des Apothekers Wilhelm Rose, ohne daß er diese Bezeichnung gebraucht hätte, den Bourgeois mit seiner „Geldsackgesinnung" kennen. (1) Dieser sparte an den Zutaten für die Arzneien und knauserte mit den Löhnen seiner Angestellten, hatte jedoch eine „tiefeingewurzelte Vorstellung" von seiner „sittlichen Potenz" und strebte „nach dem Höheren". Während seines dritten Englandaufenthaltes wurde Fontane mit den häßlichsten Seiten des Bourgeois-Lebens konfrontiert. Sie waren der Anlaß zu der Bemerkung: „Ich mag dies money-making-Volk nicht mehr sehen; es ist unerquicklich von Anfang bis zu Ende." (2) In „Von Zwanzig bis Dreißig" macht Fontane deutlich, was ihn am „Bourgeois" so heftig abstieß: „. . .der Bourgeois, wie ich ihn auffasse, wurzelt nicht eigentlich oder wenigstens nicht ausschließlich im Geldsack; viele Leute, darunter Geheimräte, Professoren und Geistliche, Leute, die gar keinen Geldsack haben oder einen sehr kleinen, haben trotzdem eine Geldsackgesinnung und sehen sich dadurch in der beneidenswerten oder auch nicht beneidenswerten Lage, mit dem schönsten Bourgeois jederzeit wetteifern zu können. Alle geben sie vor, Ideale zu haben; in einem fort quasseln sie vom „Schönen, Guten, Wahren" und knicksen doch nur vor dem Goldnen Kalb, entweder indem sie tatsächlich alles, was Geld und Besitz heißt, umcouren oder sich doch heimlich in Sehnsucht danach verzehren." – Demnach ist für Fontane die Gesinnung ausschlaggebend, nicht die mehr oder weniger gefüllte Geldbörse. Jahrzehnte später, in einem Brief an seinen Freund Friedländer, empfindet er Reichtum als Fluch: „. . .Wo viel Geld ist, geht immer ein Gespenst um; je älter ich werde, je tiefer empfinde ich, soll heißen je schärfer beobachte ich den Fluch des Goldes; es scheint doch fast wie göttlicher Wille, daß sich der Mensch sein täglich Brot verdienen soll, der Minister natürlich anders als der Tagelöhner, aber immer Arbeit mit bescheidenem Lohn. Ererbte Millionen sind nur Unglücksquellen." Am 27. Mai 1891 klagt Fontane seinem Schmiedeberger

Briefpartner: „... Die ganze Welt, man könnte beinah sagen die Sozialdemokratie mit eingerechnet, hat sich durch gesteigerten Besitz und durch gesteigerte Lebensansprüche bis zu einer gewissen Bourgeoishöhe, vielfach vom greulichsten Protzentum begleitet, entwickelt, aber von der Entwicklung bis zur Aristokratie, der echten natürlich, wo das Geld wieder anfängt ganz anderen Zwecken zu dienen als dem Bier- und Beefsteaks-Consum, – von dieser Entwicklung unsrer Zustände sind wir weiter ab denn je zuvor...".

Fontane, der gesellschaftliche Entwicklungen und Vorgänge mit wachem Interesse verfolgte, fand auch positive Züge und Erscheinungen im neupreußischen Bürgertum: „Zunächst freue ich mich immer, wenn ich Namen lese, wie Lisco, Lucä, Gropius, Persius, Hensel, Thaer, Köste, Diterici, Virchow, Siemens, weil ich mir dabei bewußt werde, daß in diesen, nun in zweiter und dritter Generation blühenden Familien, ein neuer Adel, wenn auch ohne „von" heranwächst, von dem die Welt wirklich was hat, neuzeitliche Vorbilder (denn dies ist die eigentliche Adelsaufgabe), die, moralisch und intellektuell, die Welt fördern und ihre Lebensaufgabe nicht in egoistischer Einpökelung abgestorbener Dinge suchen.." (3)

Der alte Dichter, der in seinem ganzen Leben nie ohne materielle Sorgen war, schrieb noch wenige Monate vor seinem Tode: „Das Elend des Menschengeschlechtes wurzelt in der verfluchten Anschauung, daß Gold und Glück identisch sei. Umgekehrt wird ein Schuh daraus." (4)

Grete Minde

Nach einer altmärkischen Chronik

Entstehung und Aufnahme der Erzählung

Von einem Sommeraufenthalt in Wernigerode aus machte Theodor Fontane 1878 einen Ausflug nach Tangermünde und schrieb darüber noch im Juli: „Ich war anderthalb Tage von hier fort, um In Tangermünde Kirche, Burg und Rathaus anzusehen. Du weißt, daß meine Arbeit dort ihren Schauplatz hat." Das Motiv der Erzählung fand er in einer Dorfchronik der Stadt und nutzte bei der weiteren Arbeit eine Chronik von A.W. Pöhlmann. Laut den „Annales Tangermündenses", von dem Bürgermeister Kaspar Helmreich verfaßt, der 1609 bis 1659 dem Rat der Stadt angehörte, war Grete die Tochter Peter Mindes. Dieser hatte im Streit einen Soldaten erschlagen und floh ins Ausland, wo er Gretes Mutter heiratete. Diese Frau starb früh und Grete heiratete einen Mann, der sich als Dieb und Straßenräuber erwies und seine Frau kurz nach der Geburt eines Knaben im Stich ließ. Grete forderte das Erbteil ihres Sohnes aus dem Nachlaß des Urgroßvaters Heinrich von Minden. Das Erbe wurde ihr verweigert und sie strengte einen Prozeß an, der mit einem Vergleich endete. Grete behauptete später, dieser sei nicht eingehalten worden und sie soll mit Brandstiftung gedroht haben. Einige Zeit später tauchte sie wieder in Tangermünde auf und erkundigte sich nach den Mindes. Sie schlug sich als Landfahrerin, Planetenbeschauerin und Handleserin durch. Nach dem großen Brand von 1617 wurde ihr Mann als Brandstifter angeklagt. Unter der Folter bezichtigte er Grete Minde, die daraufhin auf das grausamste gemartert und mit dem Feuertod bestraft wurde.

Bereits im September 1878 schloß Fontane die erste Fassung der Erzählung ab, die er bis zum Januar 1879 überarbeitete. 1880 erschien die Erzählung im Druck.

1883 wurden die Untersuchungen von Parisius bekannt. Sie korrigierten erheblich die einseitigen und ungenauen Darstellungen von Pöhlmann, der im Sinne der in Tangermünde verbreiteten Auffassungen Grete als verwildertes Frauenzimmer, Tochter nichtswürdiger Eltern und Auswurf des Menschengeschlechtes charakterisiert hatte. Erhaltene Akten erwiesen die Unschuld der Grete Minde, die Opfer eines Justizmordes wurde. Zur Zeit des Brandes weilte sie etliche Meilen von Tangermünde entfernt auf dem Krankenbett.

Die Erzählung wurde von der Kritik und der Literaturwissenschaft unterschiedlich beurteilt. Paul Heyse nahm sie in den „Deutschen Novellenschatz" auf. Helmuth Nürnberger schreibt, „Grete Minde" bedeute keinen künstlerischen Fortschritt in Fontanes Schaffen: „Sie hat einige artistische Qualitäten, ist kühl kalkuliert und sauber gefertigt, aber ebenso wie seinerzeit ‚Von der schönen Rosamunde' und wie viele Balladen kommt sie dem Zeitgeschmack sehr weit entgegen. Unter den wiederholten Abfertigungen, die das einst beliebte Werk ... in jüngerer Zeit erfahren hat, fällt Demetz' sensible Analyse besonders auf: „Da ist der gleiche Masken- und Mummenschanz, dessen sich der bürgerliche Leser der Epoche bedient, um seine substantielle Stillosigkeit zu verbergen; die gute Stube pseudogotisch oder altnürnbergerisch; Wappen, Römer und alte Truhen und durch das offene Fenster das Rasseln der Pferdebahn und die schlürfenden Schritte der Arbeiter von Borsig ... (5)

Eine gewisse Bedeutung genießt „Grete Minde" immer noch in den Schulen der Bundesrepublik, weil sie oft als einziges Prosawerk Fontanes durchgenommen wird – von vielen Lesern mit halbem Herzen ... (6)

In der von Nürnberger zitierten Analyse gelangt Demetz zu dem Resümee: „Ich begnüge mich damit, ‚Grete Minde' eine biographisch angelegte Kriminalgeschichte von reichentfalteter Motivik zu nennen; die Wiederkehr der Motive besitzt eine überzeugende Kraft, die selbst das unstimmige Werk, als Gedicht über die zerbrechliche Kreatur, in die Nachbarschaft der Kunst hindrängt."

Inhalt

1. Kapitel

Das Hänflingsnest

Zei Nachbarskinder, Valtin Zernetz und Grete Minde, begegnen sich am Gartenzaun. Der Knabe erzählt von einem Vogelnest, in dem zwei Junge sind. Das Mädchen möchte wissen, ob es ein Fink oder eine Nachtigall sei. Valtin läßt sie raten, und in diesem Moment fliegt ein kleiner Vogel über ihre Köpfe. Da sie noch nie ein Vogelnest gesehen hat, will er ihr das Hänflingsnest zeigen. Grete ist es jedoch verboten, den Nachbarsgarten zu betreten und Valtin macht ihr Mut; Trud sei doch nur Gretes Schwägerin, und von einer Schwägerin brauche man sich nichts verbieten lassen.

Grete will, daß Valtin eine Leiter holt. Er redet ihr jedoch zu, vom Zaun zu springen, und er fängt sie mit den Armen auf. Nun wird auch ihre Gestalt sichtbar. Sie ist ein halberwachsenes Mädchen mit feinen Gesichtszügen und südländischer Hautfarbe. Valtin dagegen ist ein echt märkisches Gewächs mit breitem Kopf und vorspringenden Backenknochen.

Valtin nimmt Grete bei der Hand und führt sie zu dem Nest. Als sie sich daran zu schaffen macht, sagt er, daß der Vogel sich um seine Jungen ängstige und setzt hinzu: „Unsere Mütter sind nicht so bang um uns". Grete antwortet scharf: „Ich habe keine Mutter" und er warnt: „Höre, Grete, sieh dich vor. Hübsch ist sie, aber bös. Und du kennst doch das Märchen vom Machandelboom."

Valtin sagt, Grete müsse seine Braut werden, wenn sie groß ist; dann werde er sie immer auffangen und küssen.

Sie setzen sich auf eine Bank vor der Geisblattlaube. Valtin schreibt Gretes Namen mit griechischen Buchstaben in den Sand. Seit Ostern hat er Unterricht beim alten Gigas. Der Knabe ist froh, daß der Pfarrer weder Katholik noch Kalvinist ist, denn diese findet er bös und hitzig. Er fragt auch, ob es stimme, daß Gretes Mutter eine Katholikin gewesen sei. Grete bejaht; ihr Vater hatte sie in den Niederlanden kennengelernt, das zum Königreich Spanien gehörte.

Grete ist nun bald vierzehn und Trud, ihre Schwägerin, war bereits bei Gigas wegen des Religionsunterrichts und der Firmung. – Sie entdeckt Kirschen hoch oben im Baum und Valtin verspricht, welche zu holen, wenn sie ihm den Kuß gibt, den sie ihm seit Silvester schuldig sei.

In dem Moment, da Grete die Kirschen in den Mund nehmen will, gibt ihr Valtin einen herzhaften Kuß. Erschrocken flieht sie über den Zaun, nicht ohne ihm noch einmal freundlich zuzunicken.

2. Kapitel

Trud und Emrentz

Gretes Schwägerin, Frau Trud Minde, die nie in ihrem Leben wirklich geliebt wurde, hat Grete und Valtin belauscht. Ihr Herz ist voller Neid und Mißgunst. Sie sucht ihre Nachbarin Emrentz auf, die Frau des Ratsherrn Zernitz und Stiefmutter Valtins. Zunächst sprechen sie davon, daß Männer in zweiter Ehe die besten seien. Dann kommt Trud auf den eigentlichen Zweck ihres Besuches zu sprechen. Sie fordert, daß Valtin aus dem Haus kommt: er sei bereits sechzehn und Grete auch schon „über ihre Jahre". Bevor sie erzählen kann, was sie alles ausgespäht hatte, kommt ihr die Zernitz zuvor: „Und er gibt ihr einen Kuß." Sie findet jedoch nichts dabei: „Laß doch Trud, und gönn's ihnen. 's ist nichts mit alter Leute Zärtlichkeiten, und ich wollt', ich stünde wieder, wie heute die Grete stand ..." Sie erinnert Trud daran, daß sie es doch gut getroffen hätte. Trud erwidert bitter, daß sie das dritte Jahr verheiratet ist und immer noch auf ein Kind wartet. Frau Zernitz mahnt, man müsse sich in sein Schicksal schicken. Schließlich hätten sie beide nicht viel eingesetzt und dürften deshalb nicht viel fordern. „Hineingeheiratet haben wir uns ... Aber dir zehrt's am Herzen, daß dir nichts Kleines in der Wiege schreit, und du versuchst es nun mit Gigas und mit Predigt und mit Litanei. Aber das hilft zu nichts und hat noch keinem geholfen. Halte dich ans Leben und getröste dich mit der Zukunft." Wenn der alte Zernitz sich eine zweite Frau genommen habe, könne sie sich auch einen zweiten Mann nehmen. „Lache mehr und bete weniger."

In diesem Moment ziehen die Puppenspieler mit Pauken und Trompeten am Haus vorbei und kündigen die Vorführung des Stückes „Das Jüngste Gericht" an.

Trud widersteht es, Gott und Teufel als bloße Puppen zu sehen, und sie lehnt ab, zur Vorführung mitzukommen. Unzufrieden über das Gespräch und das Scheitern ihrer Pläne kehrt sie in das Mindesche Haus zurück.

3. Kapitel

Das „Jüngste Gericht" und was weiter geschah

Grete wollte das Puppenspiel ansehen, was von dem alten Minde gestattet wurde, trotz Truds heftigen Einwänden. Mit der Familie Zernitz geht sie zum Rathaus, wo im Saal die Bühne aufgebaut ist. Zu beiden Seiten eines großen Mittelraumes befinden sich je ein kleinerer Raum: der Himmel mit einer schmalen Pforte und die Hölle mit einer breiten Pforte. Mit andächtiger Spannung verfolgt Grete, wie ein wohlbeleibter Abt von Christus in die Hölle geschickt und ein zartes Mädchen vom Heiland im Himmel aufgenommen wird.

Inzwischen sitzen die Mindes beim Abendessen. Trud hat sich wieder gegen das Puppenspiel ausgesprochen. Der alte Minde sagt ihr auf den Kopf zu, daß Gigas dahintersteckt: „. . . er bangt um sich und seine Kanzel. Und nun das Jüngste Gericht! Das ist ja sein eigener Acker, den er am besten selber pflügt."

Vom Marktplatz hört man einen dumpfen Knall, dem weitere Schläge folgen. Ein mit Schwärmern und Feuerrädern angefülltes Vorratsfaß der Puppenspieler ist in die Luft geflogen. Grete wird auf einer Trage in das Mindesche Haus getragen, Es ist ihr nichts Ernstliches zugestoßen und sie kann berichten, daß Valtin sie gerettet habe, als sie im Gedränge der panisch Fliehenden beinahe erdrückt wurde.

4. Kapitel

Regine

Grete liegt in der Giebelstube, die sie mit der alten Haushälterin Regine teilt, im Bett. Regine erzählt, eine welch hübsche Frau Gretes Mutter gewesen sei, die dem alten Minde nun sehr fehlt.

Als Jakob Minde das erste Mal Grete auf den Arm nahm und Gerdt, seinem Sohn aus erster Ehe zeigt, lief dieser davon; er wollte von seiner Stiefmutter nichts wissen.

Die erste Frau des alten Minde, Gerdts Mutter, war eine stocksteife, geizige Frau. Der alte Zernitz, der sie nicht leiden konnte, sagte: „Höre Regine, sieht sie nicht aus wie der Stendalsche Rolan?" Inzwischen war sie längst vergessen, auch von Gigas, an den sie sich immer hielt und dem sie beichtete.

Regine sagt zu Grete, bevor sie schlafen geht, Valtin sei ein guter Junge, alle Zernitzens seien gut, und von Valtin dürfe sie auch träumen.

5. Kapitel

Grete bei Gigas

Frau Trud Minde bringt Grete zu Gigas, der die beiden in seinem Studierzimmer empfängt. Nach einigen Begrüßungsworten bittet Gigas

Frau Minde, das Zimmer zu verlassen, da er allein mit Grete sprechen wolle.

Gigas fragt Grete, ob sie auch fleißig bete und will den Spruch, den die alte Regine ihr beigebracht hat, hören.

Sie faltet die Hände und spricht:

Himmelwärts
Richte, Gott, mein sündig Herz,
Laß der Kranken und der Armen
Mich in ihrer Not erbarmen;
Was ich irdisch gebe hin,
Ist mir himmlischer Gewinn.

Gigas ist von Gretes Lieblichkeit so gerührt, daß er seinen Zorn beherrscht. Er sagt nur, daß in diesem Spruch noch die Torheit von den guten Werken walte: „unsere guten Werke sind nichts und bedeuten nichts, weil all unser Tun sündig ist von Anfang an. Wir haben nichts als den Glauben, und eines ist, das sühnet und Wert hat: der Gekreuzigte."

Grete zeigt Gigas eine Goldkapsel mit einem Kettchen, in die oben das Bild der Mutter Gottes eingraviert ist und in dem ein Splitter liegt. Der Alte sagt ruhig: „Das ist Götzendienst, Grete."

Das Mädchen antwortet, daß es ein Andenken an ihre Mutter sei, das einzige, das sie besitze. Regine habe es ihr an ihrem zehnten Geburtstag gegeben, wie sie es ihrer Mutter versprochen hatte.

Gigas erklärt Grete, daß die Christen sein Kreuz tragen sollen, aber keinen Splitter von seinem Kreuz. Es sei nicht recht gewesen von Regine, den alten Spuk nicht ausgetrieben zu haben. Zum Abschied empfiehlt er sie der Gnade Gottes.

Dann geht Gigas nach draußen, um mit Frau Minde über Grete zu sprechen. Er betont, daß sie verzagt, aber nicht trotzig sei. „Nein, es ist ein gutes Kind und ein schönes Kind, wie die Mutter."

Trud Minde klagt, damit habe die Verstorbene das Haus behext und die Familie in den alten Glauben zurückfallen lassen.

Gigas hält Frau Minde vor, daß es ihre Schuld sei, wenn das Unwesen im Mindeschen Haus umgehe, denn sie beherrsche die Familie. Vater Minde sei alt, und ihr Ehemann Wachs in ihren Händen.

Trud Minde räumt ein, daß sie das Haus beherrsche und man gehorche ihr; aber es sei ein toter Gehorsam. Und in Grete sei etwas Böses.

Der Pfarrer antwortet: „In uns allen, Frau Trud. Und nur zwei Dinge sind, es zu bändigen: der Glaube, den wir uns erbitten, und die Liebe, die wir uns erziehen. Liebt Ihr das Kind?"

Frau Minde gibt darauf keine Antwort.

6. Kapitel

Das Maienfest

Im Jahr darauf feiern die Tangermünder wieder ihr Maienfest im Lorenzwald. Einer alten Sage nach hatte sich dort einst eine Jungfrau Lorenz verirrt; sie betete zur Gottesmutter, ihr beizustehen. Da nahte ein Hirsch, der sie in die Stadt zurücktrug. Die Familien Minde und Zernitz gehen zum Fest und lagern sich auf der großen Fest-Wiese. Auch der alte Minde kommt auf seinem flandrischen Pferd, weil er noch einmal den Mai mitfeiern will.

Die Familien fühlen sich durch das Kommen des alten Minde gestört und Frau Minde schickt Grete zur Linde, wo die Kinder spielen. Valtin folgt ihr. Weil sie keine Kinder mehr sind, gehen sie nicht zur Linde, sondern suchen den Schatten. Es ist sehr heiß und unversehens haben sie sich im tiefen Wald verlaufen. Valtin erzählt Grete, er möchte am liebsten mit ihr weit fort laufen, in ein schönes Tal, von dem er in einem Buch gelesen hatte.

Nach langem Umherirren stoßen sie auf das Elbufer; dem Lauf des Stromes folgend finden sie in die Stadt zurück. Es ist spät geworden und Trud macht den beiden heftige Vorwürfe: „Ja, verirrt. Ich denke, weil ihr's wolltet. Und wenn ihr's nicht wolltet, weil ihr ungehorsam wart und nicht Zucht und Sitte kennt. Ihr solltet zu den Kindern gehen. Aber das war euch zuwider. Und so ging es in den Wald. Ich werde mit Gigas sprechen und mit deinem Vater... Was bracht' er uns das fremde Blut ins Haus? Das fremde Blut und den fremden Glauben. Und arm wie das Heimchen unterm Herd."

Blitzend vor Zorn erwidert Grete, daß ihre Mutter glücklich war, bevor sie hierher kam, und vor Sehnsucht sei sie gestorben. Arm sei Trud selbst gewesen, und nun warte sie auf den Tod des Vaters. Regine, der Grete von dem Streit erzählt, warnt; Trud werde das nicht vergessen. Doch Grete antwortet übermütig: „Sie fürchtet sich vor mir. Laß sehen, ich habe nun bessere Tage."

7. Kapitel

Jakob Mindes Tod

Grete scheint recht zu behalten. Trud erwähnt den Streit nicht mehr und wahrt auch gegenüber Gigas Schweigen. Aller Groll scheint vergessen und oft sitzt Grete bei Trud, um zu plaudern oder ihr vorzulesen.

Ende September ist Gretes Einsegnungstag. Der alte Minde, der nur mit Mühe zur Kirche kann, plaudert viel über vergangene Zeiten sowie über Gerdts und Gretes Mutter. Am nächsten Tag liegt Jakob Minde im Sterben. Am Abend läßt er seine Kinder kommen. An seine Schwiegertochter richtet er die Worte: „Ich lege sie dir ans Herz, Trud. Erinnere dich allzeit an die Mahnung des Propheten: ‚Laß die Waisen Gnade bei dir finden.' Erinnere dich daran und handle danach. Versprich es mir und vergiß nicht diese Stunde." Trud sagt kein Wort und Grete wirft sich auf die Knie und betet unter Schluchzen. Als sie ihren Kopf aufrichtet, ist Jakob Minde tot.

Am dritten Tag danach ist die Beerdigung in der Hauptkirche der Stadt.

Gigas erinnert daran, daß Minde ein Mann des Glaubens und der Liebe gewesen sei. Er habe allen Versuchungen widerstanden; denn er habe lange unter den Bekennern der alten Irrlehre gelebt und die bedrohlichste Stunde für das Heil seiner Seele sei die Stunde seiner zweiten Eheschließung gewesen.

Nachdem der Sarg in das Grab hinabgelassen und die letzten Worte gesprochen waren, bleibt Grete allein zurück. Sie will beten, aber sie sieht nur immer Truds Gesicht, so herb und streng, wie es immer gewesen war. Als sie aufschaut steht das Abendrot in den hohen Chorfenster und die ganze Kirche scheint zu glühen. In rasender Angst flieht sie über den Kirchhof.

Wieder zu Hause steigt sie sogleich die Treppe zu Regine hinauf, umarmt und küßt sie und sagt: „Regine, nun bin ich ganz allein. Eine Waise."

8. Kapitel

Eine Ritterkette

Kurz vor Ostern wird Trud Mutter eines Knaben. Auch Grete freut sich darüber, aber bald bekommt sie zu spüren, daß das Neugeborene alles ist und sie nichts. So vergehen die Tage zwar meistens ohne Streit, aber auch ohne Freude. Als sie am Todestag ihres Vaters sein Grab besucht, trifft sie Valtin. Er klagt, daß seine Stiefmutter seit kurzem feindselig zu ihm sei und Grete nennt Trud als Schuldige; sie hinterbrachte Emrentz, daß Valtin sie hinter ihrem Rücken verlache.

Bevor sie sich trennen, verabreden sie, sich bei schönem Wetter allwöchentlich einmal auf der Burg zu treffen und zu plaudern.

9. Kapitel

Auf der Burg

Eine Woche später treffen sich Grete und Valtin auf dem Kirchhof und gehen zusammen den Weg zur Burg. Auf dem Wirtschaftshof geht es lebhaft zu; von der Tenne hört man im Takt die Dreschflegel schlagen, und die Mädchen singen beim Flachsbrechen:

> „Es waren zwei Königskinder,
> Die hatten einander so lieb ..."

Valtin sagt, das gelte ihnen.

Beide setzen sich auf eine Mauer, von der aus sie weit ins Land schauen können. Grete klagt, daß sie sich in ihrem Elternhaus gefangen fühle wie eine Nonne und erinnert an das Tal, von dem er sprach, als sie sich im Wald verirrten und nach dem sie sich immerzu sehne. Sie klagt, daß ihr jede Stunde so lang vorkäme wie ein ganzes Jahr. Immerzu heiße es nur: „das Kind und das Kind," und das Kind sei häßlich und schaue sie an, als errate es alle ihre Gedanken. „Ach Valtin, das ist mein Tag und mein' Nacht. Und so leb' ich. In meines Vaters Haus ohne Heimat! Unter Bruder und Schwester, und ohne Liebe! Es tötet mich, daß mich niemand liebt. Ach, wie's mich danach verlangt! Nur ein Wort, nur ein einziges Wort." Sie weint bitterlich und Valtin gesteht, daß er ohne sie nicht mehr leben könne. Grete springt auf und sagt, daß sie das nur habe hören wollen; nun könne sie wieder leben, weil ein Ende ihres Elends in Sicht sei. Nun bräuchten sie nur noch auszuharren, bis sie volljährig sind und ihr Erbe haben. „Und haben wir das, Valtin, so haben wir uns und dann haben wir die ganze Welt ..."

Beim Weg zurück in die Stadt kommen sie wieder an den Mädchen im Wirtschaftshof vorüber. Als diese die beiden sehen, singen sie:

> „Ach Tochter, herzliebste Tochter,
> Allein sollst du nicht gehn,
> Weck auf deine jüngste Schwester
> Und laß die mit dir gehn."

„Ach Mutter, herzliebste Mutter,
Meine Schwester ist noch ein Kind.
Sie pflückt ja all die Blumen,
Die auf grüner Heide sind."

10. Kapitel

Zu Weihnachten

Grete hat neuen Mut geschöpft und „Ein beinah freudiger Trotz, dem sie sich, auch wenn sie gehorchte, hingeben konnte, half ihr über alle Kränkungen hinweg." Das Bewußtsein, daß sie jederzeit „dem Spiel ein Ende machen konnte", gab ihr eine wunderbare Kraft, die sie alle Kränkungen ertragen ließ.

Am Weihnachtsabend ist alles nur für das Kind bereitet; Gretes Geschenke fallen spärlich aus: Lebkuchen, Äpfel und Nüsse – dazu ein Gesangbuch, auf dessen Titelblatt Trud geschrieben hat: „Sprüche Salomonis, Kap. 16, Vers 18."

Grete spürt sofort, daß dieser Vers nichts Gutes bedeuten kann. Sie schlägt in der Bibel nach und liest: „Wer zugrunde gehen will, der wird stolz, und stolzer Mut kommt vor dem Fall." Grete streicht die von Trud geschriebenen Zeilen aus und schreibt die Worte aus dem Alten Testament darunter, die der letzten Mahnung des alten Minde an Trud zugrunde gelegen hatten: „Lasse die Waisen Gnade bei dir finden." Dann legt die das Gesangbuch an die alte Stelle. Trud, die bemerkt hatte, daß etwas vorgegangen war, schlägt das Buch auf, als sie mit Gerdt allein im Zimmer ist; beim Lesen verfärbt sich ihr Gesicht, und ihr Mann freut sich an ihrem Ärger.

Zu Grete sagt Trud über den Vorfall kein Wort.

11. Kapitel

Der Kurfürst kommt

Eines Tages im Hochsommer verbreitet sich in der Stadt die Nachricht, daß der Kurfürst von Brandenburg die Stadt besuchen und eine Nacht auf seiner alten Burg zubringen werde. Dies erregt großes Aufsehen, zumal der Kurfürst eben von der lutherischen zur reformierten Konfession übergetreten ist.

Nach der Frühpredigt dankt der Kurfürst Gigas und sichert den versammelten Untertanen Glaubens- und Gewissensfreiheit zu, und daß er sie „bei dem Worte Lutheri Augsburgischer Konfession" belassen wolle. Danach richtet die Stadt dem Landesherrn auf dessen Burg ein Festmahl aus, an dem die Honoratioren der Stadt teilnehmen, unter ihnen auch Trud und Emerentz.

12. Kapitel

Am Wendenstein

Grete ist zu Hause und hütet das Kind, wie Trud sie gewiesen hat. Vorsichtig kommt Valtin ins Haus, um sie abzuholen. Alle Welt sei draußen auf der Burg, sagt er Grete, nur sie müsse zu Hause bleiben, als wäre sie eine Magd.

Grete ruft nach Regine, die am Herd sitzt, und verläßt mit Valtin das Haus. Da auf dem Burgberg die Leute sich allzusehr drängen, gehen sie in den Elbwiesen spazieren. Valtin erzählt Grete von der großen Tangerschlacht, in der die wendischen Heiden hier über die christlichen Eroberer siegten, von dem Herrn von Buch, der in der Tangermünder Kirche lange Zeit einen Schatz verbarg und mit dem er seinen Markgrafen freikaufte, den die Magdeburger gefangen genommen hatten.

Grete erzählt die Geschichte von dem Sohn eines Fischbecker Bau-

ern, der davonlief, weil er Geistlicher werden wollte. Oft liest sie von Kindern und schönen Prinzessinnen, die vor bösen Königen oder Königinnen fliehen, auch träumt sie manchmal von einer Flucht. Sie erzählt, sie sei am Tage zuvor darüber so bedrückt gewesen, daß sie zu Gigas ging, um zu fragen, ob „Flucht allemalen ein bös und unrecht Ding sei."
Gigas nahm ihre Hand und sagte: „Ja Grete, das ist eine schwere Frage, und ich denke wir müssen zum ersten allemal beten, daß wir nicht in Versuchung fallen, und zum zweiten, daß uns die Gnade Gottes überall, wo wir zweifelhaft und unsicher in unserem Gemüt sind, den rechten Weg finden lassen. Denn die richtigen Wege sind oft wechselvolle Wege, und wenn es heute unsere Pflicht ist, zu gehorchen und auszuharren, so kann es morgen unsere Pflicht sein, nicht zu gehorchen und uns durch Flucht einem schlimmen Ansinnen zu entziehen ..." Grete sagt auch, wie sie auf dem Heimweg aufzählte, wer alles geflohen war: Joseph und Maria, auch Petrus. Valtin antwortet: „Aber ein Engel des Herrn führte sie. Und sie flohen um Gott und Glaubens willen."
Grete fügt hinzu: „... Aber auch um Lebens und Rechtes willen. Ich mag kein Unrecht sehen und auch keines leiden." Valtin mahnt zum Heimweg, aber Grete wäre am liebsten sofort geflohen. Doch Valtin meint, daß es nicht ginge, auch wenn er es damals auf der Burg anders versprochen hatte. Beim Abschied sagt Gret, in einer halben Stunde solle er nochmals im Garten auf sie warten. Sie fühle ganz deutlich, daß etwas geschehe.

13. Kapitel

Flucht

Trud war vor Grete nach Hause zurückgekehrt und macht ihr nun heftige Vorwürfe. Ihr Kind liegt in Krämpfen und sie gibt Grete die Schuld, wenn es sterben sollte. Sie nennt das Mädchen ein Bettelkind, seine Mutter sei eine fahrende Frau gewesen: „Eine fremde Brut seid ihr, und der Teufel sieht euch aus euren schwarzen Augen."

Grete entgegnet: „Das lügst du", und Trud schlägt in besinnungsloser Wut nach ihr. Grete greift nach einem Gürtel und schlägt ihn Trud ins Gesicht; die scharfen Ecken des silbernen Beschlages verletzen Stirn und Gesicht, und das Blut läuft ihr über die Backe.

Dieser Anblick gibt Grete das Gefühl befriedigten Hasses und errungener Freiheit. Sie ist dieses Haus nun los, denn es steht fest, daß sie nicht mehr bleiben kann. Schnell läuft sie in den Garten. Nach einer Viertelstunde kommt Valtin und sie entschließen sich, sofort zu fliehen.

Beide schleichen noch einmal in ihre Elternhäuser zurück, um einige Sachen zusammenzuraffen. Grete bittet, bevor sie flieht, Gott um Vergebung und Beistand; mit einer Leiter steigen sie über die Mauer. Am Fluß bindet Valtin einen Kahn los und läßt ihn abtreiben, um die Verfolger zu täuschen. Dann laufen sie durch den Lorenzwald. Nach zwei Stunden ist Grete ermüdet und sie schlafen auf dem Waldboden ein.

14. Kapitel

Auf dem Floß

Beim Aufwachen finden sie sich in der Nähe des Elbufers wieder. Plaudernd laufen sie den Fluß entlang und Valtin holt aus einem Fähr- oder Forsthaus Brot und Milch. Sie setzen sich ins Gras und frühstücken.

Während sie sitzen und träumen, kommt ein großes Floß geschwommen, auf dem sie drei Männer und eine Frau erkennen. Valtin ruft sie an, und einer der Männer kommt mit einem Boot ans Ufer. Valtin hört, daß es Wenden oder Böhmer sind, die nach Hamburg wollen und schnell einigen sie sich, daß Valtin und Grete gegen einen geringen Lohn mitfahren können.

Die Männer auf dem Boot sind sehr aufmerksam und machen den beiden den Aufenthalt so angenehm und lustig wie möglich. Gegen die Mittagssonne errichten sie ihnen ein Zelt und laden sie zum Mittagessen ein, das die Frau auf einem Herd bereitet hat.

Im Grunde könnten Valtin und Grete zufrieden sein, wenn nicht die junge Frau mit ihren stechenden Augen gewesen wäre. Grete fürchtet sich; die Leute hatten gesehen, daß sie Geld und Schmuck bei sich trugen. Als abends das Floß am Ufer anlegt, entschließen sie sich zu fliehen, nicht ohne eine Silbermünze auf das Segeltuch zu legen.

Sie warten, bis die Wolken den Mond verdecken, dann springen sie ans Land und erklimmen das Steilufer. Niemand folgt ihnen.

15. Kapitel

Drei Jahre später

Drei Jahre später zieht eine Schauspielergruppe in das altmärkische Städtchen Arendsee ein. Es sind die Leute, die vor Jahren in Tangermünde eine Vorstellung gaben, die mit einer Explosion endete. Sie hatten auf dem Michaelismarkt in Salzwedel ein schönes Geld verdient und vertun es nun bei bester Laune im Gasthaus.

Über ihnen liegt auf einer Schütte Stroh der sterbenskranke Valtin. Grete bittet ihn um Vergebung; sie gibt sich die Schuld an seinem Tod. Sie habe es nicht anders gewußt und auch nicht anders gewollt, denn sie sei noch ein Kind gewesen. Sie habe ihn nicht genügend geliebt, „und es war nicht die rechte Liebe". Sie will ihm beichten. Alles kommt von Gott, auch das Unrecht, und wir müssen es tragen lernen ... Aber ich wollt' es nicht tragen und hab' aufgebäumt in Haß und Ungeduld. Und in meinem Haß und meiner Ungeduld hab' ich dich mit forgezwungen und habe dich um Glück und Leben gebracht."

Valtin will noch einmal sein Kind sehen, doch ein heftiger Hustenanfall quält ihn. Mit letzter Kraft fleht er Grete an, sie solle nach seinem Tod nach Hause zurückkehren und sagen, er sei an allem schuld gewesen. Und sie soll auch sagen, daß sie alles gutmachen und wie eine Magd gehalten werden wolle. „Und dann mußt du niederknien, nicht vor ihr, aber vor deinem Bruder Gerdt. Und er wird dich aufrichten ..."

Grete glaubt nicht daran und fürchtet, mit ihrem Kind fortgewiesen zu werden. Er meint, dann müsse sie ihr Erbe fordern und damit ein eigenes Heim gründen. Eine der Schauspielerinnen ruft Grete von Valtins Sterbelager fort. Der „Sündenfall" soll gegeben werden und Grete muß den Engel spielen. Valtin verabschiedet sie: „Und nun leb wohl, Gret, und vergiß nicht. Ich höre jedes Wort. Geh. Ich wart auf dich."

16. Kapitel

Die Nonnen von Arendsee

Der alte Prediger Roggenstroh verweigert Valtin die ewige Ruhe auf dem Friedhof zu Arendsee. So geht Grete, wie die Wirtin ihr geraten hat, in das adlige Damenstift im ehemaligen Kloster. Die Domina, das fünfundneunzigjährige Fräulein von Jagow, ist mit der Beerdigung auf dem Klosterfriedhof einverstanden. Nachdem Grete wieder gegangen ist, sagt die Domina zu der bei ihr sitzenden Ilse von der Schulenburg: „Unglückliches Kind. sie hat das Zeichen."

Am nächsten Morgen tragen die Schauspieler Valtins Sarg zum Kloster, wo der Gärtner unter einem Fliederbusch das Grab vorbereitet hat. Ein Hänfling fliegt über sie hinweg und die Bilder vergangener Tage steigen in Grete auf. Es löst sich ihr Schmerz, sie wirft sich hin und weint bitterlich.

Nach der Beerdigung läßt die Domina Grete zu sich rufen. Gefragt, woher sie kommt und wohin sie geht, sagt Grete, sie wolle zu Bruder und Schwester, um Verzeihung und Versöhnung zu finden. Sie habe es dem Toten vesprochen und werde gleich losziehen.

Die Domina befestigt diesen Entschluß: „Das ist gut. Ein guter Wille kann schwach werden, und wir müssen das Gute tun, solange wir noch

Kraft haben und die Lust dazu lebendig in uns ist." Sie sichert Grete für alle Fälle eine Freistatt zu, obwohl sie ahnt, daß die Leidgeprüfte keine drei Tage mehr zu leben hat.

17. Kapitel

Wieder gen Tangermünde

Grete verabschiedet sich von den Schauspielern und geht, das Kind in den Kragen ihres Mantels gewickelt, auf der Straße, die nach Tangermünde führt.

Ein Bauer nimmt sie ein großes Stück auf seinem Fuhrwerk mit. Die letzten zwei Stunden des Weges muß sie wieder zu Fuß gehen. Dabei denkt sie an die Zukunft. Bei der Vorstellung, wie sie in des Bruders Haus eintritt und die Knie beugt, wird ihr bang. „Aber ... wenn ich mich niedergeworfen habe, so soll er mich auch wieder aufrichten. Weh' ihm und mir, wenn er mich am Boden liegenläßt." Dabei ist ihr, als drehe sich ihr alles im Kopf und als schwänden ihr die Sinne.

Es wechseln in ihr Furcht und Hoffnung, bis sie die Türme und Dächer Tangermündens wiedersieht. Sie legt die Hand auf die Brust und schluchzt. Sie wird erst wieder ruhig, als sie die Goldkapsel fühlt, das einzige, was ihr aus alten Tagen geblieben ist, und sie preßt sie voll Inbrunst an ihre Lippen.

18. Kapitel

Grete bei Gerdt

In einer Herberge kehrt Grete für eine Stunde ein, um etwas zu ruhen, sich zu erkundigen und ihre Kleider vom Staub zu befreien. Dann geht sie in die Stadt und sie fühlt sich gefangen. Als sie vor ihrem Vaterhaus steht, kommt ein Knabe aus der Tür. Sie will ihn an der Hand nehmen, doch er reißt sich voller Angst los.

Im Hausflur vermißt sie die Schwalbennester und spürt, daß das Haus ungastlich geworden ist. Ihr Bruder liest Akten und sie wartet, daß er sie beiseite legt, bevor sie ihn anspricht und von Valtins letztem Willen berichtet. Gerdt verharrt in seiner bequemen Lage und läßt Grete lange auf die Antwort warten: „Buße! Nein, Grete, du bist nicht bußfertig geworden. Ich kenne dich besser und deinen stolzen Sinn ... Aber auch wenn du Demut gelernt hättest, unsere Schwester kann nicht unsere Magd sein. Das verbietet uns das Herkommen und das Gerede der Leute."

Grete bittet nun, daß er wenigstens das Kind aufnimmt, auch wenn es keine guten Tage bei ihm haben werde: „... aber wenn es nicht in Glück aufwächst, so wird es doch in Sitt' und Ehren aufwachsen ... Hilf mir, und wenn nicht mir, so hilf dem Kind."

Gerdt läßt sich nicht erweichen und Grete springt auf, mit Haß in den Augen. Mit tonloser Stimme fordert sie ihr Recht: „Denn ich bin keine Bettlerin. Ich bin des reichen Jakob Minde Tochter. Und so will ich denn mein Erbe." Gerdt lacht Grete ins Gesicht und fragt, was ihre Mutter denn eingebracht hätte; sie solle es bei den Zernitzens versuchen. Es ist sein letztes Wort. Grete geht mit den Worten: „So gehab dich wohl, und dein Lohn sei wie dein Erbarmen."

Etwas später tritt Trud in das Zimmer, um einen Leuchter auf den Tisch zu stellen. Sie stellt einige Fragen und schließlich erzählt Gerdt von dem Vorgefallenen. Bei dem Wort „Erbe" kommt er nicht davon los und wiederholte es einige Male.

Trud ahnt Schlimmes voraus: „Meinst du, daß diese Hexe sich an die Landstraße setzen und dir zuliebe sterben und verderben wird? ... Ein Unheil gibt's. Und du selber hast es heraufbeschworen. Um guten Namens willen, sagst du? ... Aus Geiz und Habsucht und um Besitz und Goldes willen! Nichts weiter."

Gerdt will ihr widersprechen, aber Trud schneidet ihm das Wort ab:

„... Deine Mutter hat's eingebracht ... Und so du's anders sagst, lügst du. Sie hat ein Erbe ... und so sie's nicht empfängt, so wollen wir sehen, was von Deinem und Ihrem übrig bleibt ... Ich habe ihr in die Augen gesehen ..."

19. Kapitel

Grete vor Peter Guntz

Nachdem Grete die Nacht in der Herberge verbracht hat, geht sie am anderen Tag zum Rathaus, um vor dem Rat ihr Recht zu suchen. Hier liest sie auf einer Steintafel:

> Hastu Gewalt, so richte recht,
> Gott ist dein Herr und du sein Knecht;
> Verlaß dich nicht auf dein' Gewalt,
> Dein Leben ist hier bald gezahlt,
> Wie du zuvor hast 'richtet mich,
> Also wird Gott auch richten dich;
> Hier hastu gerichtet nur kleine Zeit,
> Dort wirstu gerichtet in Ewigkeit.

Im Ratssaal sitzt der Bürgermeister Peter Guntz mit seinen Ratsherren, unter ihnen Gerdt Minde. Grete bringt ihre Klage vor und Gerdt, der dazu Stellung nehmen soll, sagt: „Ihre Mutter war einer armen Frauen Kind, ihr wisset all wes Landes und Glaubens, und kam ohne Mitgift in unser Haus." Der Vater, Karl Minde, habe mit seinen Unternehmungen kein Glück gehabt, und das Vermögen stamme von seiner Mutter.

Nach Tangermündischem Recht muß Peter Guntz Gretes Klage abweisen. Bevor er sie entläßt, bittet er für sie um christliche Barmherzigkeit. Gerdt läßt sich jedoch nicht erweichen: „... Sie hat's gewollt. Kein falsch Erbarmen, liebe Herren. Wie wir uns betten, so liegen wir."

Grete hebt demonstrativ ihr Kind in die Höhe und zitiert den Spruch, den sie draußen gelesen hat. Die Ratsherren sehen, je nach Gesinnung, hart oder spöttisch auf sie. Nur Peter Guntz ist in Sorge: „Ein unbillig Recht, ein totes Recht." Er hebt die Sitzung auf und geht grußlos an Gerdt Minde vorüber.

20. Kapitel

Hier hastu gerichtet nur kleine Zeit,
Dort wirstu gerichtet in Ewigkeit

Nun ist Grete keine Bettlerin mehr; ihr gehört diese Stadt, und mit dem unheimlichen Zug im Gesicht, der „über die Trübungen ihrer Seele keinen Zweifel ließ", läuft sie zwei Runden durch die Stadt, bis sie in der Vorstadt in eine mit Werg und Stroh halb gefüllte Scheune eindringt. Sie wartet den Abend ab und zündet das Werg an.

In den Resten eines alten Festungsturmes beobachtet Grete, wie sich die brennenden Wergflocken über die Nachbarscheunen ausbreiten. Im aufkommenden Wind verbreitet sich der Brand in einer Viertelstunde über die Stadt, und von allen Türmen läuten die Glocken.

Grete verläßt den Turm und läuft durch die Straßen; Hunderte von Angst um Gut und Leben gequälte Menschen rennen an ihr vorüber, aber keiner erkennt sie. So kommt sie bis an das Mindesche Haus, wo Trud vor Schrecken über ihr plötzliches Auftauchen in Ohnmacht fällt. Gret nimmt Truds Kind an der Hand und läuft, ihr eigenes Kind unter dem Mantel, zur Hauptkirche der Stadt, St. Stephan. Unbehelligt erklimmt sie mit den Kindern die Treppen zum Turm. Unter ihnen steht die Stadt in Flammen. Einige Feuerflocken werden vom Wind auf das Schindeldach über ihr gewirbelt, und die Menschen vor der Kirche, unter ihnen Gerdt, werden auf sie aufmerksam. Sie packt seinen Knaben und hebt ihn auf das Lukengebälk, daß man ihn deutlich von unten sehen kann. Gerdt sinkt auf die Knie und schreit um Hilfe. Im nächsten Augenblick stürzt das Dach ein, der Glockenstuhl zerbricht und alles stürzt in die Tiefe.

Am Tag danach erfährt die Domina von dem Unglück und Gretes Tod. „Armes Kind... Ist heut der dritte Tag... Ich wußt' es...", erinnert sie sich.

Am Abend geben die Puppenspieler wieder den „Sündenfall". Niemand achtet darauf, daß die Rolle des Engels neu besetzt ist.

Wort-, Personen- und Sacherläuterungen

1. Kapitel

Wocken	niederdeutsch für Rocken: Spinngerät.
Märchen vom Machandelboom	Altes Märchen von der bösen Frau, die ihren Stiefsohn tötete und ihn dann in Schwarzsauer gekocht seinem Vater auftischte; sh. Märchen „Der Wacholderbaum" v. L. Bechstein.
kein Kalvinscher	Kalvinist; Anhänger der Lehre Jean Calvins (1509 bis 1564), in deren Mittelpunkt die Lehre von der Prädestination (Erwählung bestimmter Personen aus der Masse der sündigen Menschen, ohne Rücksicht auf deren sittlich-religiöses Verhalten, zur ewigen Seligkeit) und ein strenges Kirchenregiment standen.
Ananias	Jüdischer Hohepriester, Verfolger des Paulus.
in Brügge war, da sind viele Spansche	1516 bis 1609 gehörten die Niederlande (die nördlichen Provinzen bis 1581) zum spanischen Weltreich.
die beiden Grafen ... das verwechselst du	Graf von Egmont (1522 bis 1568), Stadthalter der Provinzen Flandern und Artois, wegen seiner Teilnahme an der Erhebung der Niederlande gegen Spanien in Brüssel enthauptet. Wilhelm von Oranien, Graf von Nassau (1533 bis 1584), Begründer der niederländischen Unabhängigkeit, durch Balthasar Gerhard ermordet. Grete verwechselt offensichtlich Brüssel mit Brügge.

Äneas	Trojanischer Held.

2. Kapitel

Emrentz	Volkstümliche Form des Namens Emmerentia.
Das Jüngste Gericht	In der Kirchenlehre das Endgericht, das Christus nach seiner Wiederkunft über die Lebenden und die auferstandenen Toten hält (Offenbarung des Johannes 20,5). In der Dramatik des 16. Jahrhunderts häufig behandelt.
durchlauchtigster Satisfaktion	Unsinnige Wortverknüpfung. Durchlaucht: Prädikat deutscher Fürsten; Satisfaktion: (lat.) Genugtuung.

3. Kapitel

Sandel	Wohlriechende tropische Holzart.
Theriak	(griech.) Gegengift aus fast 70 Arzneimitteln (darunter Schlangenfleisch), zusammengesetzt vom Leibarzt des Kaisers Nero, später als Mittel gegen alle ansteckenden Krankheiten gebraucht.
Hanswurst	Derbkomische Charakterfigur der deutschen Bühne des 16. und 17. Jahrhunderts, im 18. Jahrhundert durch Gottsched und die Neuberin zeitweise beseitigt.
irgendeinem berühmten Totentanz entnommen	(lat. chorea Machabaeorum, franz. danse macabre). Seit dem 14. Jhdt. beliebte Gattung von Bildwerken, die unter dem vorherrschenden Bild des Tanzes die Macht des To-

	des veranschaulichen. Am berühmtesten T. v. Holbein.
Denn er war noch aus katholischen Zeiten her.	Die Reformation führte Kurfürst Joachim II., genannt Hektor, im November 1539 in der Mark Brandenburg ein.
Karmeliterinnen	Orden Unserer lieben Frauen vom Berge Karmel; Mönchsorden, als Eremitenorden um 1156 gestiftet, 1247 zum Bettlerorden umgewandelt. Die Karmeliterinnen, 1452 in Frankreich gestiftet, erteilen Unterricht.
Melissengeist	Von den Karmelitern eingeführtes Heilmittel, bereitet durch Destillation von Melissenblättern, Zitronenschale, Muskatnuß, Zimt und Gewürznelken mit Weingeist und Wasser.

4. Kapitel

Doktor Lutheri Lieder	Lieder Doktor Luthers, des Reformators Dr. Martin Luther, (1483 bis 1546).

5. Kapitel

Kruzifix	Die seit dem 5. Jhdt. vorkommmende bildliche Darstellung des gekreuzigten Christus.
Torheit von den guten Werken	Die Katholische Kirche lehrt, daß die Guten Werke ein besonderes Verdienst vor Gott begründen und daß auch die guten Werke der Heiligen den Gläubigen zugute kommen, sowie bestimmte von der Kirche als Genugtuunswerke für Sünden vorgeschriebene oder empfohlene Leistungen (Fasten, Almosengeben, Wallfahrten usw.). In der protestantischen Kirche begründen die

	aus frommer Gesinnung entspringenden Taten kein besonderes Verdienst. (Sh. Anmerkungen 1. Kapitel: „kein Kalvinscher")
Götzendienst	Der einem Götzen, d. h. Götterbild, gewidmete Dienst; auch abgöttische Verehrung lebloser Dinge, denen man Zauberkräfte zuschreibt (Fetischismus) (Jesaia 44, 9–10).
in den alten Aberglauben	Gemeint ist die katholische Religion.
Scheuern	Scheunen.
Rondell	Rundes Blumenbeet, taucht in Fontanes Romanen wiederholt auf (Effi Briest, Stechlin u. a.).

6. Kapitel

Heimchen	Haus-Grille, den Laubheuschrecken verwandte Form der Geradflügler, etwa 2,5 cm lang.

7. Kapitel

der alten Irrlehre	Die Lehren der katholischen Kirche.
die selige Verheißung ... auf dem Berg	Die Seligpreisungen, mit denen die Bergpredigt eröffnet wird. (Matthäus 5–7).

9. Kapitel

Es waren zwei Königskinder	Altes deutsches Volkslied; früheste Version handschriftlich durch Dr. Bothe mitgeteilt. (1804)
Wocken	sh. Erläuterung im 1. Kapitel.
den breiten Strom	Die Elbe.

11. Kapitel

Herr Kurfürst	Johann Sigismund (1572 bis 1619) trat 1613 von der Evangelischen zur Reformierten Kirche über, um sich die Unterstützung der Niederländischen Krone für den Erwerb der Grafschaft Cleve-Mark zu sichern.
auf seiner Burg Tangermünde	Die bereits 1009 urkundlich erwähnte Burg von Tangermünde ließen dle Askanier zur stärksten Festung der Mark Brandenburg ausbauen. Hier residierten die ersten hohenzollerschen Kurfürsten von 1409 – 1490.
Augsburgische Konfession	Die wichtigste Bekenntnisschrift der lutherischen Kirche, von Melanchthon deutsch und lateinisch ausgearbeitet und von den Protestanten auf dem Reichstag zu Augsburg am 25. Juni 1530 Kaiser Karl V. übergeben.
nach der sonst so stillen Burg	Mit der Übersiedlung der Markgrafen nach Berlin erstarb das höfische Leben in der Burg Tangermünde.
die große Tangerschlacht	Die erwähnte Schlacht war ein Teil des großen Slawenaufstandes des Jahres 983, in deren Folge ein großer Teil der von Deutschen eroberten und kolonisierten Gebiete verlorenging. „Zweimal wurden die Wenden in blutigen Schlachten niedergeworfen ... aber ihre Kraft war ungebrochen, und der Tag kam heran, der bestimmt war, alle Niederlagen quitt zu machen. Das war die Schlacht am Tangerfluß 983. (Theodor Fontane, Wanderungen durch die Mark Brandenburg, Havelland, Die Wenden in der Mark).

Markgraf Otto	Otto IV. (1281 bis 1309), Beiname „mit dem Pfeil".
der genferisch geworden	Genf war Calvins Wirkungsstätte, von der die calvinistische Bewegung ausging.

14. Kapitel

mitten auf dem Strom ein großes Floß	Sh. Wanderungen durch die Mark Brandenburg, Das Oderland, Von Frankfurt bis Schwedt. Hier beschreibt Fontane ein Floß, das exakt dem Elbfloß gleicht, auf dem Grete und Valtin einen Tag zubringen.

15. Kapitel

säkularisieren	Verweltlichen von geistlichen Personen oder Sachen.
Herr Joachim	Kurfürst Joachim II., genannt Hektor (sh. Anmerkung III. Kapitel).
Cölln an der Spree	Das Berliner Hohenzollernschloß befand sich auf dem Cöllner Teil der früheren Doppelsiedlung Berlin-Cölln.
Nazi	Kurzform von Ignaz.

16. Kapitel

Domina	(lat.) Herrin; Anrede der Vorsteherin eines adeligen Damenstiftes.
Wir haben keine Nonnen mehr	Nach der Auflassung der Nonnenklöster wurden diese in protestantische Stifte für unverheiratete adelige Damen verwandelt.

Wittenbergische Doktor vor Kaiser Karolus Quintus	Dr. Martin Luther verteidigt sich am 17. und 18. April 1521 vor dem Reichstag zu Worms, dem Karl V. vorstand.
Allerbarmer	Jesus Christus

17. Kapitel

Kummet	Um den Hals gelegter Teil der Vorrichtung zum Anschirren von Zugtieren, bestehend aus zwei Holzbügeln.

Hinweise zur Interpretation

Den Hintergrund der Erzählung „Grete Minde" bildet die Zeit unmittelbar vor dem Dreißigjährigen Krieg. In ihr versuchte Fontane, die sozialen Verhältnisse und geistigen Spannungen dieser Zeit einzufangen.

Eine Besonderheit bildet der Schauplatz der Erzählung, denn die Altmark lag etwas außerhalb der Welt, in der Fontanes Meisterwerke angesiedelt sind. Auch die „Wanderungen durch die Mark Brandenburg" führen den Leser nicht in diese Gegend. Zwei historische Ereignisse mögen Fontanes Interesse an diesem Ort beeinflußt haben, die auch in „Grete Minde" eine Rolle spielen: die Tangermünder Schlacht im großen Slawenaufstand von 983 und die Bedeutung, die Tangermünde für einen historischen Augenblick als Residenz der ersten märkischen Kurfürsten aus dem Hause Hohenzollern hatte.

Peter Demetz äußerte über „Grete Minde", man wünschte, Fontane hätte diese Erzählung nie veröffentlicht. Sie sei eine Konzession an den Zeitgeschmack der bürgerlichen Leser seiner Epoche.

In der Tat ist Fontane mit dieser Arbeit seinen Grundsätzen, die er in dem Essay „Unsere lyrische und epische Poesie seit 1848" niedergelegt hatte, untreu geworden. Darin schrieb er, daß der Realismus eine „Interessenvertretung auf seine Art" sei. Der Realismus lasse die Toten oder doch wenigstens das Tote ruhen; „er durchstöbert keine Rumpelkammern und verehrt Antiquitäten nie und nimmer, wenn sie nichts sind, als eben alt. Er liebt das Leben je frischer je besser ..." Ein zeitlicher Abstand zur dargestellten Zeit von mehr als sechzig Jahren lasse eine realistische Gestaltung nicht zu.

Tatsächlich ist es Fontane nicht gelungen, in seiner Erzählung echtes Leben und natürliche Gestalten darzustellen. Einige Figuren wirken wie aus Holz geschnitzt, andere, zum Beispiel Valtin Zernitz, bleiben farblos und blaß.

Die Erzählung hinterläßt beim Leser nicht das Gefühl, wirklichen Ereignissen beigewohnt zu haben, sondern einer gewalttätig konstruierten

Handlung; Gretes Dämonie im Schlußkapitel ist ebenso unglaubwürdig wie die falsche Anklage, deren Opfer die historische Grete Minde wurde. An dieser Unstimmigkeit vermögen auch die vorausdeutenden Hinweise auf „das unheimliche Feuer ihrer Augen", die „brennen", nichts zu ändern.

Von der Literaturwissenschaft wird immer wieder auf die balladeske Struktur der Erzählung hingewiesen. In der Tat ist sie wie eine Volksballade angelegt, worunter man ein strophisch-singbares Gedicht eines unbekannten Verfassers, vorwiegend erzählender Art, das sich in mündlicher Tradition fortgepflanzt hat, versteht. Ein häufiges Thema ist die menschliche Verstrickung in Schuld und Sühne. Die Sprache ist kunstlos und voller formelhafter Wendungen, die Erzählweise unzusammenhängend und sprunghaft.

Dieses Genre diente im 19. Jahrhundert einer mehr und mehr epigonalen und pseudovolkstümlichen Literaturauffassung mit z. T. irrationalen und nationalistischen Verzerrungen. Ein Beispiel für die lyrische, zwar reimlos ungebundene, doch metrisch skandierende Sprache bietet die Schlußstrophe:

> „Und nun schaut sie plötzlich auf und gewahrte,
> daß das Abendrot in den hohen Chorfenstern stand
> und daß alles um sie her wie in lichtem Feuer glühte:
> die Pfeiler, die Bilder und die hochaufgemauerten Grabsteine.
> Da war es ihr, als stünde die Kirche rings in Flammen,
> und von rasender Angst erfaßt,
> verließ sie den Platz, auf dem sie gesessen,
> und floh über den Kirchhof hin."

Ein Haupteinwand gegen die Erzählung ist, wie bereits angedeutet, ihr Verhaftetsein in irrationale und nationalistische Auffassungen. Der grausame Racheakt Grete Mindes an einer ganzen Stadt ist ein höchst irrationaler Vorgang, eine Wahnsinnstat. Hier genügt nicht der Hinweis auf die Ausstoßung durch eine engstirnige, kleinstädtische Umwelt. Dieser war sie ohnehin seit Jahren entfremdet und die Enttäuschung war vorhersehbar. Einen durchaus akzeptablen Ausweg hatte die

Domina zu Arendsee gewiesen. Im ehemaligen Kloster hätte Grete ihre seelische Ruhe wiederfinden und frei von Not und Sorge leben können. Fontane setzt mit Gretes radikaler Unterwerfung unter Valtins letzten Willen einen Automatismus in Gang, der in einem beispiellosen Verbrechen mündet.

Den Bruch in Grete Mindes Persönlichkeit, den Widerspruch von mädchenhafter Lieblichkeit und dämonischer Rachsucht, führt Fontane auf die Beimischung von „fremdländisch Blut" zurück. Die lautere, reine Seele des deutschen Menschen wird durch minderwertige Erbfaktoren ausländischer Herkunft verdorben.

Leitmotivisch durchziehen die Erzählung Hinweise auf das Jüngste Gericht und die christliche Mahnung, ausgesprochen durch Pfarrer Gigas, zum Glauben und zur Liebe. Das primitive Puppenspiel der fahrenden Schauspielertruppe wie der Spruch an der Rathauswand

> Hier hastu gerichtet nur kleine Zeit,
> Dor wirstu gerichtet in Ewigkeit.

verweisen darauf, daß Christus am Jüngsten Tag, am Weltende, Gericht hält über die Lebenden und die Toten und sein Urteilsspruch immerwährende Gültigkeit haben wird, demgegenüber irdischem Richten nur eine zeitweilige, vorübergehende Wirksamkeit zugestanden wird. Daß diese Aussicht den Menschen an der Schwelle zur Neuzeit nur noch unvollkommen über „ein unbillig Recht, ein totes Recht" zu trösten vermochte, gehört zur Aussage der Erzählung. Der mystische Schauer des mittelalterlichen Menschen vor dem Jüngsten Gericht wirkt nicht nur in den Worten der lutherischen Protestantin Trud Minde: „Das Jüngste Gericht ist kein Spiel" nach. Die Schauspieler ändern schließlich ihr Repertoire, indem sie nicht mehr „Das Jüngste Gericht", sondern den „Sündenfall" aufführen; hier ist eines der zahlreichen symbolhaften Motive in Fontanes Erzählung. Diese zählen zu den vielfältigen vorausdeutenden Hinweisen, die Fontane in die Erzählung eingebaut hat. Dazu gehören auch Gretes „brennenden Augen", das „unheimliche Flackern ihrer Augen" und das Aufglühen der St. Stephanskirche im Abendrot. In ihnen kündigt sich das außerordentliche

Ereignis an, das im Schlußkapitel mit dramatischer Eindringlichkeit geschildert wird.

Auffallend sind die Parallelen zwischen „Grete Minde" und Kleists „Michael Kohlhaas". Auch Kohlhaas fühlt sich in seinem Recht verletzt und rächt sich brennend und mordend an der Gesellschaft, wofür auch er, wegen Bruch des Landesfriedens mit dem Tod bestraft, zu büßen hat. Er war „einer der rechtschaffendsten zugleich und entsetzlichsten seiner Zeit", wie es im Einleitungskapitel der Kleist'schen Erzählung heißt, und das „Rechtsgefühl aber machte ihn zum Räuber und Mörder." Die mahnenden Worte, die Kleist Martin Luther schreiben läßt, könnten auch an Grete Minde gerichtet sein: „... der du dich gesandt zu sein vorgibst, das Schwert der Gerechtigkeit zu handhaben, was unterfängst du dich, Vermessener, im Wahnsinn stockblinder Leidenschaft, du, den Ungerechtigkeit selbst vom Wirbel bis zur Sohle erfüllt? Weil der Landesherr dir, dem du untertan bist, dein Recht verweigert hat, dein Recht in dem Streit um ein nichtiges Gut, erhebst du dich, Heilloser, mit Feuer und Schwert, und brichst, wie der Wolf der Wüste, in die friedliche Gemeinde, die er schirmt ... meinst du, Sünder, vor Gott dereinst an dem Tage, der in die Falten aller Herzen scheinen wird, damit auszukommen?"

Untern Birnbaum

Kriminalroman

Entstehungsgeschichte

Mitte 1832 übernahm Fontanes Vater die Apotheke der Oderbruchgemeinde Letschin. Theodor Fontane verbrachte dort oft seine Ferien- und Urlaubstage. In einem Brief an seinen Jugendfreund Wolfsohn schrieb er am 18. Nov. 1847: „Kirchdorf mit 3500 Seelen und Residenz zweier dort stationierter Gendarmen ... Es ist ein zweites Klein-Sibirien", und Helmut Nürnberger resümiert: „Unterm Birnbaum zieht eine fortdauernde Lebenskraft aus dem Schauplatz, dem Oderbruch, den Fontane genau kannte und der ihn zu atmosphärisch dichten Schilderungen befähigte." (7) Von dieser genauen Kenntnis zehrten auch die Oderbruch-Kapitel der „Wanderungen" und Fontanes erster Roman „Vor dem Sturm".

Letschin verwandelte sich in „Unterm Birnbaum" in das Letschin des Kriminalromans, ein großes, durch die Fruchtbarkeit des unter König Friedrich II urbar gemachten und mit Flüchtlingen besiedelten Bruch- (oder Überschwemmungs-) landes reichgewordenes Dorf, kurz nach Beendigung des polnischen Aufstandes von 1830/31. Der inzwischen umgebaute Gasthof zum „Alten Fritz" und ein schräg gegenüberliegendes Haus, das ursprünglich mit einem verglasten Turmaufbau gekrönt war, dienten als Vorbilder für Abel Hradscheks Haus. Wolfgang E. Rost nahm in seine Untersuchung eine Skizze auf, die Fontane zur Grundlage für seine topographisch genaue Schilderung des Schauplatzes machte (8).

Seit Mitte 1884 arbeitete Fontane an „Unterm Birnbaum" und am 22. 4. 1885 schrieb er an Friedländer: „Am Freitag schicke ich endlich meine Novelle fort, an der ich ein halbes Jahr unausgesetzt gearbeitet habe, – dann atme ich auf und beginne mit der Abtragung der hochaufgesummten Briefschulden."

Die „Gartenlaube" brachte den Roman im Spätsommer 1885 als Vorabdruck, am 14. November 1885 erschien die erste Buchausgabe.

Inhalt des Kriminalromans

1. Kapitel

Das Einleitungskapitel macht den Leser mit den Lebensverhältnissen von Abel Hradschek, einem Gastwirt und Ladenbesitzer in dem reichen Oderbruchdorf Tschechin, bekannt.

Hradscheks Haus wird durch einen Flur in zwei Hälften geteilt. Rechts liegt das Wohnzimmer, links der Laden. Im hinteren Teil des Hausflurs lagern Säcke, Fässer und Kästen, und eine Falltür deckt die Treppe zum Keller ab. Das Wohnzimmer ist für Hradscheks Verhältnisse fast üppig und elegant eingerichtet.

Vom Flur gelangt man in den Garten; hier steht inmitten der Gemüse- und Kartoffelbeete ein älterer Birnbaum. An der linken Grundstücksgrenze zieht sich eine Kegelbahn entlang, auf der rechten ist eine Küche angebaut.

Hier lebt Hradschek mit seiner Frau Ursula und dem Ladenjungen Ede. Ursula Hradschek war einst eine schöne Frau, man sieht ihr jedoch an, daß sie außer Liebe und Glück auch viel Unglück und Leid erfahren hat. Zwei Kinder liegen auf dem Friedhof und ihr Mann hat viel Geld beim Trinken und Spielen vertan. Nun drücken ihn schwere Sorgen; er hat Schulden und wird von seinen Gläubigern hart bedrängt.

2. Kapitel

Hradschek versucht sein Glück in der Lotterie, aber das Glück läßt ihn im Stich und er gewinnt nichts. Seine Frau rät ihm, er solle lieber ein Marienbild anbeten, das der Bischof von Hildesheim geweiht und zur

Firmung geschenkt hat. Doch der ständig zwischen Aber- und Unglauben schwankende Hradschek fürchtet den Spott der Bauern, falls sich das herumspricht.

Wenn im Laden Ruhe ist, arbeitet Hradschek am liebsten auf dem Hof oder im Garten. Es ist Mitte Oktober und er gräbt einen Streifen Land um. Die alte Nachbarin Jeschke kommt hinzu und sagt, er habe Glück gehabt bei den Kartoffeln und den Birnen. Hradschek sagt, es seien viel mehr als ein Scheffel Birnen gewesen und die Jeschke antwortet: „... Nei, nei. Man soll nix bereden. Ook sin Glück nich" und humpelt zu ihrem Haus zurück.

Die Jeschke ist „eine schlimme Nachbarschaft", sie beschäftigt sich mit Quacksalbereien, sympathetischen Kuren und Prophezeiungen, und der bis über die Ohren in allerlei Aberglauben steckende Hradschek fürchtet sich vor ihr.

Während Hradschek über die Worte der alten Hexe nachsinnt, gräbt er weiter und stößt auf eine Leiche und Uniformfetzen. Er entschließt sich, den Fund nicht anzuzeigen. „... keiner mag einkehren, wo man einen Toten unterm Birnbaum gefunden hat."

Beim Zuschütten hängt er allen möglichen Vorstellungen nach und es reifen Pläne, die ihn in Besitz nehmen und, „ihm selbst zum Trotz, an die Stelle bannten, auf der er stand." Grauen überfällt ihn, doch nicht vor der Tat, sondern daß seine Pläne erkannt und verraten würden, bevor er sie ausführen kann. Und wieder schaut er nach der alten Jeschke, die stets einen Sarg gesehen haben will, noch bevor jemand gestorben ist. Und er nimmt sich vor, seine Frau als Komplizin zu gewinnen; erst neulich sagte sie: „Nur nicht arm sein ... Armut ist das Schlimmste."

3. Kapitel

Frau Hradschek näht eine Samtkappe für den Pfarrer; sie hält sich an ihn, weil er ein gebildeter Mann ist. Hradschek spottet: „Gebildet, Ursel, das ist dein drittes Wort . . . Und dann kommt der Göttinger Student, der dir einen Ring geschenkt hat . . . und zuletzt kommt der Hildesheimer Bischof. Das ist dein höchster Trumpf und was Vornehmeres gibt es in der ganzen Welt nicht . . . " Ihr Hang zum Vornehmen sei ihm teuer zu stehen gekommen. Ursel Hradschek hält ihrem Mann vor, daß er ein schlechter Wirt und Kaufmann und außerdem ein untreuer Ehemann sei. Hradschek erinnert seine Frau, daß er sie aus selbstverschuldetem Elend befreite, als ihr Vater sie verstoßen hatte und er sie heiratete. Dann habe sie hoch hinaus gewollt und forderte aparte Kleider und Möbel. Vielleicht sei das alles eines schönen Tages wieder fort, denn „Die Gerichte fragen nicht lange".

Frau Hradschek jammert, das dürfe er ihr nicht antun, lieber nehme sie sich das Leben. Ihre Nebenbuhlerinnen, „Kätzchen" (die Frau des Ölmüllers Quaas) und „Mietzel" würden sich über sie lustig machen. Da die Wände Ohren haben, geht Hradschek mit seiner Frau in den Garten. Er eröffnet ihr seine Pläne, und nachdem er ihr alle Bedenken ausgeredet hat, willigt sie ein.

4. Kapitel

Hradschek bringt das Gerücht unter die Leute, seine Frau habe eine Erbschaft gemacht. Sie reist bald darauf nach Berlin, um die geerbte Summe zu holen. Die reichen Bauernfrauen zerbrechen sich voller Neid den Kopf über die Höhe der Erbschaft. Frau Hradschek ist unbeliebt, weil sie eine ansehnliche Person ist und im Verdacht steht, einen relegierten Studenten angestiftet zu haben, ein anonymes Spottgedicht über die Dorfprominenz zusammenzureimen.

Frau Hradschek kommt zurück, wie sie gegangen ist, ohne Samthut und Straußenfeder. Sie behauptet, der Hauptteil des Erbes sei in Berlin deponiert.

Nach einigen Wochen erhält Hradschek einen eingeschriebenen Brief der Fa. Olczewski-Goldschmidt & Sohn, Krakau. Man kündigt den baldigen Besuch des Reisenden der Firma an und mahnt dringend „eine bereits drei Jahre alte Forderung zu begleichen." Hradschek zeigt seiner Frau den Brief. Auf ihre Frage, wie er das Geld beschaffen will, verweist er auf die Feuerkassengelder; den Rest wolle er mit einem Wechsel decken.

Frau Hradschek ist in großer Angst, „ihr fehlten die guten Nerven, deren ihr Gatte sich rühmen konnte."

5. Kapitel

Ende November, an einem naßkalten Abend, trifft der Reisende ein. Hradschek sitzt gerade mit einigen Bauern in seiner Weinstube und kann so unter Zeugen das Geld und den Wechsel aushändigen. Der Reisende Szulski ist über die reibungslose Regulierung erstaunt. Eigentlich heißt er Schulze; aber mit dem Aufschwung des polnischen Nationalgefühls hat er sein Herz für das Polentum entdeckt. Er erzählt der staunenden Runde von der Niederschlagung des Nationalaufstandes in der Schlacht von Ostrolenka und der Einnahme von Warschau durch die russischen Truppen unter General Diebitsch (1830/31). Zum Schluß singen sie alle das neue Polenlied „Die letzten zehn vom vierten Regiment."

6. Kapitel

Gegen Mitternacht läßt sich Szulski nicht mehr aufhalten. Er muß früh aus dem Bett, da er schon neun Uhr in Frankfurt an der Oder erwartet wird.

In der Nacht kommt ein schwerer Sturmregen auf. Die alte Jeschke kann nicht schlafen. Da sie einen lauten Krach hört, geht sie ans Fenster. Sie sieht, daß in Hradscheks Haus Licht ist. Dann erscheint Hradschek in der Gartentür; erst hält er ein Licht in der Hand, dann schleppt er einen dunklen Gegenstand. Die Jeschke sieht ihn schließlich unter dem Birnbaum graben und denkt, daß er vielleicht jemand abgemurkst hat. Sie traut ihm nicht und traut seiner Frau auch nicht.

7. Kapitel

Am nächsten Morgen vier Uhr weckt der Knecht Herrn Szulski, der nicht antwortet. Eine gute halbe Stunde später besteigt der Fremde, dicht in seinen Pelz eingemummt, die Pelzmütze tief ins Gesicht gedrückt, seinen Einspänner. Wortlos gibt er dem Knecht, der angespannt hatte und beim Einsteigen behilflich ist, ein Trinkgeld. Der Knecht wundert sich, daß Szulski so still ist und gegen seine Gewohnheit kein einziges Wort sagt.

8. Kapitel

Gegen Mittag fährt der Friedrichsauer Amtsrat im Jagdwagen an Hradscheks Gasthaus vor und überbringt die Neuigkeit, in der Oder liege ein Fuhrwerk, das wahrscheinlich in der Dunkelheit in die Oder gestürzt sei.

Hradschek schickt seinen Knecht zum Dorfschulzen und macht sich mit seinen Nachbarn auf den Weg zur Unglücksstelle. Sie werden vom Schulzen eingeholt, der sie in seiner Kutsche mitnimmt.

An der Oder hatte sich bereits einige Leute aus der Nachbarschaft eingefunden. Szulskis Einspänner liegt mit dem Verdeck nach unten im Wasser, von dem Pferd sieht man nur ein Stück Hinterteil.

Truppweise durchsucht man das Ufergehölz; Szulskis Mütze wird im Geäst einer Kropfweide gefunden. Szulski selbst bleibt jedoch unauffindbar.

9. Kapitel

Im Dorf gibt es viel Gerede, und fast jedermann hat die Hradscheks im Verdacht. So sieht sich der Vorsitzende des Küstriner Gerichts, Justizrat Vowinkel, veranlaßt, an seinen Duzfreund Eccelius, den Gemeindepfarrer, einige Fragen zu richten, insbesondere über das Vorleben der Hradscheks.

Eccelius schreibt zurück, die Hradscheks seien wohlanständige Leute, und das Gericht läßt daraufhin die Sache einstweilen ruhen. Als jedoch der Nachtwächter Mewissen vor dem Schulzen aussagt, er habe an dem fraglichen Morgen Frau Hradschek in der Nähe der Unglücksstelle gesehen, entschließt sich Eccelius, Hradscheks Dienstleute noch einmal zu verhören. Um den Leuten die Befangenheit zu nehmen, stellt der Pfarrer im Beisein des Richters die Fragen. Als erster wird Ede vernommen; zitternd sagt der Junge, er graule sich vor Hradschek: „Ick weet nich ... He is so anners." Mehr ist aus ihm nicht herauszubekommen. Dann erscheint die Magd. Sie berichtet, was sie von Jakob erfahren hatte: Szulski habe einen Totenschlaf gehabt. Als er ihn weckte, gab er keine Antwort. Außerdem sei die Kaffeekanne noch fast voll gewesen, während Szulski sonst immer die Kanne leer getrunken habe. Als letzter erscheint der Knecht Jacob und bestätigt, was er bereits ausgesagt hatte: Szulski habe sich beim Herunterkommen am Geländer festgehalten, als ob ihm das Gehen im Pelz schwergefallen sei; er sah ein bißchen klein aus und habe kein Wort gesagt.
Der Pfarrer hält die Aussagen für wenig beweiskräftig, doch der Richter nimmt Hradschek in Haft, um einer Verdunkelung des Tatbestandes vorzubeugen.

10. Kapitel

Hradschek wurde zehn Tage vor Weihnachten verhaftet und Mitte Januar sitzt er immer noch. Die Untersuchung kommt nicht voran und die Einstellung der Leute wandelt sich. Man meint, Hradschek müsse bald entlassen werden und über Vowinkel und seine Zeugen wird viel gelacht.
Nur einer ist entschlossen, Hradschek ans Messer zu liefern: der Gendarm Geelhaar. Ursache seines Hasses ist, daß Hradschek sich eines Tages weigerte, den Gendarmen in seiner Wirtschaft weiterhin freizuhalten.
Da sich herumgesprochen hat, daß Frau Hradschek keinen Schlaf mehr findet und nachts immer treppauf und treppab läuft, will Geel-

haar sich eine Nacht bei der alten Jeschke verstecken, um die Vorgänge im Nachbargrundstück zu beobachten. Die alte Jeschke verspricht sich von guten Beziehungen zur Dorfpolizei Vorteile und plaudert aus, was sie in der stürmischen Novembernacht beobachtet hatte.

11. Kapitel

Auf Geelhaars Meldung hin kommen am nächsten Tag in einem offenen Wagen der Justizrat und Hradschek. In Anwesenheit des Schulzen, des Gendarmen und drei bäuerlichen Gerichtsmännern gräbt der Totengräber mit seinem Gehilfen unter dem Birnbaum. Sie stoßen bald auf eine Leiche und der Totengräber stellt fest, daß sie schon an die zwanzig Jahre hier liege, während der Pole noch keine zehn Wochen tot sei.
Der Justizrat gibt dem Totengräber recht und sagt, daß Hradschek nach einigen notwendigen weiteren Aufklärungen bald entlassen werde.
Mutter Jeschke ist weiter von der Schuld Hradscheks überzeugt und meint, er werde wohl wieder eingesperrt werden.

12. Kapitel

Nach einem Schlußverhör wird Hradschek entlassen. Er behauptet, in jener Nacht einige verdorbene Speckseiten vergraben zu haben. Zu dieser Heimlichkeit sei er gezwungen gewesen, weil er die Vorwürfe seiner Frau vermeiden wollte und sich um den Ruf seiner Ware sorgte. Man prüft seine Angaben und es werden tatsächlich einige Speckseiten ausgegraben. Über das Aussehen seiner Frau ist Hradschek sehr erschrocken. Gealtert, mit tief eingesunkenen Augen und die Haut wie Pergament, tritt sie ihm entgegen. Am Sonntag darauf hält der Pfarrer eine Predigt über Sacharja 7, Verse 9 und 10: „So spricht der Herr Zebaoth. Richtet recht, und ein jeglicher beweise an seinem Bruder Güte und Barmherzigkeit ..." Seine Rechtfertigungsrede für Hradschek wird zu einer Ankage an alle, die ihn leichtfertig belacht hatten. Niemand zweifelt, daß damit in erster Linie die alte Jeschke gemeint ist.

13. Kapitel

Hradschek versteht es, den toten „Franzosen" unter seinem Birnbaum zur Aufbesserung seines Ansehens zu nutzen. Als dieser auf dem Friedhof beerdigt werden soll, bittet er, ihn als seinen Schutzpatron in seinem Garten zu belassen. Täglich denke er an ihn voller Dankbarkeit und ist auch bereit, die Stelle mit einem Gitter oder einer Buchsbaumhecke zu umfrieden.

Mitte März beauftragt Hradschek einen Zimmermeister, auf sein Haus noch ein Stockwerk aufzusetzen. Nachdem die Arbeiten beendet sind, fragt er den Zimmermeister, ob es nicht möglich ist, die Kellerdecke höher zu wölben. Dieser schlägt statt dessen vor, den Keller tiefer auszuschachten, wobei Hradschek vor Schreck die Gesichtsfarbe wechselt.

Eines Tages findet Ede im Keller einen Knebelknopf. Er übergibt ihn Hradschek mit der Bemerkung, solche hätte der Pole an seinem Rock gehabt. Hradschek wird kreideweiß und stottert: „Du hast recht, Ede ... Das heißt, die von dem Polschen, die waren größer. Solche kleinen wie die, die hatte Hermannchen, uns' lütt Hermannchen an seinem Rock." Zum Glück standen nur einige Offiziere der Einquartierung dabei, die sich Hradscheks Erregung nicht erklären konnten, und er nimmt sich vor, in Zukunft nicht mehr die Beherrschung zu verlieren. „Kalt Blut, oder es gibt ein Unglück."

So vor sich hinsprechend geht Hradschek im Garten auf und ab. Als er aufsieht, sieht er die Jeschke am Zaun und spricht sie an. Die alte Hexe fragt, was er denn hätte, er sähe ja ganz gelb aus. Hradschek sagt, er habe sich über Ede geärgert, der ein halbes Faß Öl auf der Kellertreppe habe auslaufen lassen. Überhaupt sei der Keller nur ein Loch, wo man sich den Kopf stößt.

Die Jeschke stimmt ihm zu und sagt, als der Pole da war, hätte das Licht immer so geblinzelt. „Joa, wo wihr dat Licht? Wihr et in de Stuw o'r wihr et in'n Keller? ..." Das alles klingt pfiffig und hämisch, und sie weidet sich offensichtlich an Hradscheks Verlegenheit. Doch Hradschek nutzt die Gelegenheit, einmal einen anderen Ton anzuschlagen und droht mit einer Verleumdungsklage. Die Alte entgegenet, ein bißchen Spaß müßte doch sein.

14. Kapitel

Die Bauzeit ist für Hradschek eine glückliche Zeit. Der Laden geht gut, und der Garten gibt einen guten Ertrag, den meisten der alte Birnbaum. Seine Früchte heißen im Dorf nur noch „Franzosenbirnen". Nur seine Frau macht Hradschek Sorge. Sie beginnt, wunderliche Dinge zu reden und lebt zurückgezogener denn je. Nur sonntags geht sie zur Kirche und folgt begierig jedem Wort des Pfarrers.

Um Johanni weiß ganz Tschechin, daß Frau Hradschek nicht mehr lange leben wird. Doch sie will von keinem Doktor hören, die kosten ihr zu viel Geld. Überhaupt ist sie jetzt krankhaft geizig. Dennoch besorgt sie pünktlich die Wirtschaft. Einmal sagt sie, wenn sie erst oben sei, dann werde sie wieder schlafen und gesunden.

Ende August ist alles fertig und Hradschek führt sie treppauf in ihre neue Stube. Sie ist hellblau tapeziert und die Decke ist mit Blüten und Früchten bemalt, an denen Tauben picken. Ihr Bett steht genau, wo früher das Bett in der alten Logierstube stand. Die Kranke sagt nur: „Hier? Hier, Abel?" Sie geht in das andere Zimmer, wo sie bleiben will. Erschüttert läßt Hradschek die Möbel herüberbringen.

Frau Hradschek erholt sich, aber nicht auf Dauer. Ab Anfang Oktober bleibt sie in ihrem Zimmer, weil sie zu schwach ist, die Treppe hinunterzugehen. Als der Doktor von Abzehrung und Nervenschwindsucht spricht, macht sich Hradschek auf ihr Ableben gefaßt.

In der letzten Stunde bittet sie Hradschek, er solle anonym an den Krakauer Bischof oder seinen Vikar schreiben und bitten, daß für Szulski Seelenmessen gelesen werden. Sie habe sich das Geld dafür abgespart, es liegt in ihrem Wäscheschrank.

Hradschek fürchtet, daß es Ermittlungen geben würde und versichert ihr, die Toten haben Ruhe. Sie antwortet, die Toten stehen wieder auf.

Hradschek erwidert: „Am Jüngsten Tag", worauf die Sterbende sagt: „Aber es gibt ihrer auch, die warten nicht so lange." Er erschrickt heftig und dringt in sie, mehr zu sagen. Doch sie murmelt nur noch unverständliche Worte und hört seine Rufe: „Ursel, Ursel" nicht mehr.

15. Kapitel

Am Mittwoch vier Uhr wird die Hradschek begraben. Pastor Eccelius rühmt in seiner Predigt, daß sie nach eigener Wahl und eigenem Entschluß den alten Aberglauben abgeschüttelt habe und den Weg des Lichts gegangen sei. Und wie sie das Licht und die reine Lehre geliebt habe, so habe sie nicht minder das Recht geliebt. Sie sei das Opfer von Mißverständnissen gewesen und alle, die diese Mißverständnisse nährten, statt sie zu beseitigen, hätten eine schwere Verantwortung auf ihre Seele geladen; ihr Tod sei das Werk derer, die das Gebot: „Du sollst nicht falsch Zeugnis reden wider deinen Nächsten" unbeachtet ließen.

Nachdem die letzten Gäste aufgebrochen sind, geht Hradschek noch einmal in das Zimmer der Toten. Er wundert sich, daß die Magd in der anderen Dachstube die Betten bezieht. Sie sagt ihm, der neue Vertreter sei angekommen, „Wedder een mit'n Pelz." „Soso", antwortet Hradschek, „Wedder een ... wedder een ... Immer noch nicht vergessen."

16. Kapitel

Der letzte Wille der Verstorbenen bereitet Hradschek Sorge, die Einhaltung seines Versprechens könnte dazu führen, die kaum begrabene Geschichte wieder an das Licht zu ziehen. Um sein Gewissen zu beschwichtigen, entschließt er sich, Pfarrer Eccelius die halbe Wahrheit zu sagen. Seine Frau habe katholische Rückfälle gehabt und ihm in ihrer letzten Stunde Geld ausgehändigt, um Seelenmessen für sie lesen zu lassen. Er habe, um ihr das Sterben leichter zu machen, alles versprochen und nun sträube sich dagegen sein protestantisches Gewissen. Er wolle wissen, ob er von dem Geld ihr ein marmornes oder gußeisernes Grabkreuz errichten lassen solle.

Der Pfarrer antwortet, wenn das einem Sterbenden gegebene Versprechen sündhaft sei, so hebe das Erkennen der Sündhaftigkeit das Versprechen wieder auf.

Dieses Gespräch findet im Oktober statt, und im Frühjahr wird ein gußeisernes Kreuz auf Ursel Hradscheks Grab errichtet.

Am Tag der Errichtung sehen sich auch der Gendarm Geelhaar und die alte Jeschke das Kreuz an. Auf dem Heimweg wundert sich der Gendarm, warum die Hradschek nicht bei ihren Kindern begraben wurde. Die Jeschke antwortet dunkel, Hradschek wolle nicht, daß die Tote an dem Tag, wo es losgehe, nach ihren Kindern greife.

17. Kapitel

An dem Tag, da das Kreuz errichtet wird, gerät Hradschek in eine düstere Stimmung. Das Gesinde bemerkt dies, doch Ede prophezeit, daß Hradschek in spätestens drei Tagen wieder obenauf sein wird. Dies bewahrheitet sich, und Hradschek gewöhnt sich an, alle zwei Wochen nach Frankfurt und alle vier Wochen nach Berlin zu fahren, wo er sich nach Erledigung seiner Geschäfte weidlich amüsiert. Er bringt nach Tschechin hauptstädtische Witzblätter mit, die bei den Dorfbewohnern großen Anklang finden.

Anfang Oktober ist Hradschek wieder in Berlin, und dieses Mal länger als sonst. Die alte Jeschke spricht Ede an, der nach Art seines Prinzipals im Garten auf und ab stolziert. Sie will wissen, ob er schon etwas im Keller gehört oder gesehen habe. Ede wird blaß und sagt, es sei ihm schon mal so gewesen, als habe ihn etwas an den Hacken festgehalten.

Inzwischen hat Hradschek die Bekanntschaft einer Dame gemacht und sich mit ihr so gut wie verlobt. So kommt er in bester Stimmung und mit einem besnders großen Vorrat an Witzblättern zurück; er kann es nicht erwarten, seinen Zechbrüdern daraus vorzulesen. Man ist in bester Stimmung und Hradschek will Ede in den Keller schicken, um Wein für eine Bowle zu holen. Doch Ede weigert sich, weil es dort spuke. Ausgelassen geht die ganze Runde in den Keller, und man packt ein paar Flaschen mehr in den Korb: „Ja mehr Fidelité, je weniger Spuk."

18. Kapitel

Am anderen Morgen schläft Hradschek länger als gewöhnlich. Nach dem Frühstück geht er in den Garten. Hier fällt ihm ein, was Mutter Jeschke früher einmal über Farnkrautsamen und Sich-Unsichtbar-Machen gesagt hatte. Er will dies als „Altweiberschwatz" von sich schieben, als die Jeschke auf in zukommt. Sie spricht ihn an, es sei gestern ja wieder spät geworden, und Hradschek erzählt von dem Umzug in den Keller. Die Alte sagt, der Spuk sei dummes Zeug, und wenn es etwas sei, dann müßte es der Franzose sein. Die Erde ginge hier etwas nach unten und da möchte er wohl etwas gerutscht sein.

Hradschek ist in Sorge, der Junge könne das ganze Dorf mit seinen Spukgeschichten rebellisch machen. Die Jeschke spürt seine Ängste und setzt noch eins drauf: „Ich sage immer, wer sich grault, für den ist es was, und wer sich nicht grault, für den ist es nichts."

19. Kapitel

Die Jeschke hat mit ihrer dunklen Andeutung, der Franzose sei gerutscht, bei Hradschek den Eindruck erweckt, als wisse sie etwas, was sie nur zurückhalte. Und Ede, mit seiner ewigen Angst, steigert seine Unruhe ins Unerträgliche. Es ergreift ihn ein Schwindel, wenn er daran denkt, was sich daraus noch entwickeln könnte, und er entschließt sich, sofort etwas zu unternehmen.

Als erstes läßt er anspannen und fährt in den benachbarten Ort Gusow, wo er aus dem Park einen riesigen Farnkrautbusch holt. Die

Samenkörner kratzt er ab und verstaut sie in einer Kapsel. Dann schafft er einen Spaten in den Keller.

Abends, als im Hause bereits Totenstille herrscht, trinkt er zur Beruhigung Kognak mit Wasser und schüttet den Farnkrautsamen in die Schuhe. Dann holt er eine Laterne, die er vorher durch Überkleben mit Papier abgeblendet hat; die Alte sollte den Lichtschimmer nicht wieder sehen.

Im Keller liegt bereits ein Stück alten Teppichs bereit. Vorsichtig geht er die Stufen hinab. Unten stellt er fest, daß die Lampe immer noch zu hell ist, und er nimmt ein Brett, das die Ölfässer am Wegrollen hindern soll, um das Kellerfenster zu verschließen.

20. Kapitel

Am nächsten Morgen wundert sich Ede, daß Hradschek ein Viertel nach acht sich immer noch nicht zeigt. Die Magd geht ihn wecken und stellt fest, daß beide Dachstuben leer sind. Ede wird unruhig und entschließt sich, den Gendarm Geelhaar zu informieren. Dieser erscheint bald in Begleitung des Schulzen Woytasch.

Inzwischen hat Ede entdeckt, daß ein Ölfaß die Klapptür zum Keller versperrt. Sie wird geöffnet und man findet den toten Hradschek mit einem Spaten in der Hand und einer zerbrochenen Lampe daneben. In einem Erdloch sieht man den Arm und die Hand eines Vergrabenen.

Keiner spricht ein Wort. Alle, außer Geelhaar, waren mit Hradschek befreundet, und man hatte es bei der gerichtlichen Untersuchung an Sorgfalt fehlen lassen.

Der Tote wird auf dem Friedhof begraben, seitab, wo die Nesseln stehen. Nur Woytasch, Geelhaar und Bauer Kunicke wohnen dem Begräbnisakt bei. Eccelius schreibt in das Kirchenbuch: „Der Tote, so nicht alle Zeichen trügen, wurde von der Hand Gottes getroffen, nachdem es ihm gelungen war, den schon früher gegen ihn wach gewordenen Verdacht durch eine besondere Klugheit wieder zu beschwichtigen.

Er verfing sich aber schließlich in seiner List und grub sich, mit dem Grabscheit in der Hand, in demselben Augenblick sein Grab, in dem er hoffen durfte, sein Verbrechen für immer aus der Welt geschafft zu sehen. Und bezeugte dadurch auf's neue die Spruchweisheit: 'Es ist nichts so fein gesponnen, 's kommt doch alles an die Sonnen.'"

Wort-, Personen- und Sacherläuterungen

1. Kapitel

Claude Lorrain	Eigentl. Claude Gelée, franz. Maler und Radierer (1600 bis 1682), lebte seit 1619 in Rom, Landschaftsmaler.

2. Kapitel

sympathetische Kuren	Abergläubische Heilweise, auf geheimnisvollen Gefühlseinwirkungen beruhend.

3. Kapitel

Trumeau	(franz.) Pfeilerspiegel.
Samtkäppsel	Kappe aus Samt.
Loge	Freimaurerbund, kosmopolitische Vereinigung, die in Logen organisiert ist; entstanden in der Aufklärung. Aktivität des F. ist auf geistige und sittliche Veredlung der Mitglieder gerichtet. Symbolische Riten und Gebräuche, die den mittelalterlichen Bauhütten entnommen sind.

4. Kapitel

Springerin	Person mit wiederholtem Konfessionswechsel.
rekommandierter Brief	Eingeschriebener Brief.

5. Kapitel

Diebitsch	Graf Diebitsch-Sabalkanski, Iwan I., russi-

scher Feldmarschall (1785 bis 1831), schloß mit York die Konvention von Tauroggen und erzwang im Russisch-Türkischen Krieg 1828/29 den Balkanübergang. Befehlshaber der zur Niederschlagung des polnischen Aufstandes entsandten zaristischen Armee.

Paskewitsch – Graf Paskewitsch, Iwan F., russischer Feldmarschall (1782 bis 1856), 1831 Oberbefehlshaber in Polen, nach dem Fall Warschaus Fürst und Stadthalter von Polen, befehligte 1849 die Intervention in Ungarn.

Ostrolenka – Polnische Stadt an der Narew. Hier siegte am 26. 5. 1831 die russische Armee unter Diebitsch gegen die polnischen Aufständischen unter Skrzynecki.

Möckern – Vorort von Leipzig; in der Völkerschlacht 1813 Kämpfe der preußischen Truppen unter Blücher gegen die Franzosen.

dreißig Silberlinge – Judas, einer der zwölf Jünger, verriet für 30 Silberlinge seinen Herrn. (Matthäus 26, 14 – 16, 47 – 50).

Konstantin – Konstantin Pawlowitsch, Großfürst von Rußland (1779 bis 1831), 1816 Vizekönig von Polen; 1825 zum Kaiser ausgerufen, verzichtete auf die Thronfolge, mußte 1830 beim Ausbruch der Revolution Polen verlassen.

Anno 13 – Das Jahr 1813 ist das Jahr der Waffenbrüderschaft von Preußen und Russen, die mit Österreich und Schweden in der Völkerschlacht bei Leipzig am 18. Okt. 1813 Napoleon I. besiegten.

8. Kapitel

Trakehner	Vollblutpferde aus dem preußischen Staatsgestüt Trakehnen in Ostpreußen; vortreffliche Reit- und Wagenpferde.
Montmirail	Stadt im französischen Depart. Marne, hier am 11. 2. 1814 Sieg Napoleons I. über die Preußen unter Blücher und die Russen unter Sacken.
Der Alte Fritz – Jeder nach seiner Facon	König Friedrich II. von Preußen (Friedrich der Große, 1712 bis 1786) schrieb wenige Wochen nach seiner Thronbesteigung auf den Rand einer Anfrage des „Geistlichen Departements" vom 22. 6. 1740: „Die Religionen müssen alle toleriert werden, und muß der Fiskal nur das Auge darauf haben, daß keine der anderen Abbruch tut, denn hier muß ein jeder nach seiner Facon selig werden."

9. Kapitel

ad rem	(Lat.) zur Sache
Extraktion	In der Pharmazie (Fontane war Apotheker) ein Präparat, das man durch Ausziehen (Extraktion) von Pflanzensubstanzen mit verschiedenen Flüssigkeiten (meist Wasser oder Weingeist) und Eindampfen des Auszugs bis zur Honigdicke gewinnt.
Martini	Gedächtnistag des Heiligen Martin von Tours (geb. um 316) am 11. November
Eklat	(franz.) Knall, aufsehenerregender Vorfall, Skandal
Präliminarien	(neulat.) vorläufige Punkte der Übereinkunft,

	die einem zu schließenden Vertrag als Grundlage dienen.
Alabasterkreuz	Kreuz aus einer feinkörnigen, durchscheinenden Gipsart, meist von schneeweißer Farbe.

10. Kapitel

Courmacher	Von franz. cour, der Hof; einer, der den Frauen eifrig den Hof macht.

13. Kapitel

der weiße Spuk	Die christlichen Mythen
Chasseur oder Voltigeur	Unteroffiziersgrad der „Chasseurs à cheval" (franz.) von voltigieren, auf oder über dem Pferd kunstvolle Sprünge machen.
Kaiser Nikolaus	Nikolaus I., Kaiser von Rußland (1796 bis 1855), unterdrückte nach seiner Thronbesteigung 1825 die Verschwörung der Dekabristen, machte Polen 1830 zu einer russischen Provinz und regierte streng absolutistisch.
Louis Philipp	Louis Philipp, König der Franzosen (1773 bis 1850), Sohn des Herzogs Phil. Jos. v. Orleans (Egalité), schloß sich mit seinem Vater der Revolution an. Nach dem Sturz Karls X. bestieg er 1830 den franz. Thron, stütze sich auf die Mittelklasse und dankte nach der Februarrevolution 1848 ab.
Karl X.	Karl X., König der Franzosen (1757 bis 1836), Bruder Ludwigs XVI., erhielt den Titel Graf von Artois, führte 1792 bei der Invasion in

	Frankreich das Emigrantenkorps, leitete 1795 von England aus eine erfolglose Expedition nach Frankreich. 1824 bestieg er den Thron; die anfängliche Popularität büßte er durch seine reaktionäre Politik ein. 1830 führte die Julirevolution seinen Sturz herbei.
Bürgerkönigtum – reine Phrasendrescherei	Louis Philipp suchte durch bürgerfreundliche Phrasen seine Macht zu erhalten und zu festigen.
hyperloyale Gesinnung	Übermäßig königstreue Gesinnung.

14. Kapitel

Johanni	Johannistag, der kirchliche Tag von Johannes dem Täufer, 24. Juni.
Remise	(franz.) Wagenschuppen
Eskadronchef	Führer einer Kavallerieeinheit von ca. 150 Mann, in der Regel im Rang eines Rittmeisters.
Selig sind die ...	Die Seligsprechungen der Bergpredigt Jesu, sh. Matthäus 5.

15. Kapitel

Du sollst nicht falsch Zeugnis reden wider deinen Nächsten	8. Gebot, sh. 2. Buch Mose, 20,16.

16. Kapitel

Evang. Matthäi 6,14	„Denn wenn ihr den Menschen ihre Übertretungen vergebet, so wird euch euer himmlischer Vater auch vergeben."

17. Kapitel

Angely	Louis A., Schauspieler und Theaterdichter, (1788 bis 1835). Hauptwerke: Dramen „Mädchen in Uniform" und „Fest der Handwerker".
Holtei	Karl v. Holtei, Schriftsteller (1798 bis 1880), schrieb Dramen („Die Wiener in Berlin", „Der alte Feldherr", „Leonore", „Lorbeerbaum und Bettelstab"), Gedichte und Romane („Die Vagabunden", „Christian Lammfell", „Der letzte Komödiant").
Eckensteher	Nante, Berliner Volksfigur.
Konvivium	lat. convivium: Gastmahl, Gelage, Tischgesellschaft.

18. Kapitel

Grabscheit	Spaten
Anno 14 ... in Wien auf dem Kongreß	Wiener Kongreß, Sept. 1814 bis Juni 1815, Regulierung der politischen Verhältnisse Europas nach der Niederlage Napoleons I., Gründung des Deutschen Bundes.
der König von Preußen zum Kaiser von Rußland	König Friedrich Wilhelm III. von Preußen (1770 bis 1840) und Zar Alexander I. (1777 bis 1825).

Hinweise zur Interpretation

Paul Schlenther rühmt in einem Artikel, den er aus Anlaß von Fontanes 70. Geburtstag schrieb, „Unterm Birnbaum" als ein „soziales Zeitbild" ersten Ranges. In diesem Urteil wird deutlich, worin dieses Werk sich von den anderen Kriminalgeschichten Fontanes auffällig unterscheidet. Weder in „Grete Minde", noch in „Ellernklipp" oder „Quitt" gelang eine solch realistische Darstellung von Zuständen, Verhältnissen und menschlichen Charakteren einer bestimmten Epoche und in einer fixierten Landschaft. Sie sind die Früchte eigenen Erlebens und das Ergebnis einer präzisen Beobachtung und Beschreibung, wozu Fontane in einzigartiger Weise befähigt war.
Äußerlich fällt die Übereinstimmung im Aufbau zu „Grete Minde" auf. Beide erzählerischen Werke besitzen einen ähnlichen Umfang und sind in 20 Kapitel eingeteilt. Während jedoch in „Grete Minde" das Verbrechen am Ende steht und seine Ausführung detailliert beschrieben wird, bildet „Unterm Birnbaum" das Verbrechen den Dreh- und Angelpunkt der gesamten Fabel, seine Ausführung wird jedoch in der Erzählung ausgespart. Hier bestehen Parrallelen zu „Schach von Wuthenow" und „Effi Briest", in denen Viktoires und Effis Fehltritte ebenfalls ausgespart bleiben und in den Reflexionen und Reaktionen der Romanpersonen eine Rolle spielen. Der Leser wird nicht Zeuge der Untat; sondern er erlebt zunächst die erfolgreichen Versuche des Mörders, die Spuren des Verbrechens zu beseitigen und die ständigen Schwankungen der öffentlichen Meinung über den Tathergang.
Bei oberflächlicher Betrachtung fallen Parallelen zwischen „Unterm Birnbaum" und „Die Judenbuche" von Annette von Droste-Hülshoff auf. Bäume stellen in beiden Kriminalgeschichten zentrale Dingsymbole dar, die deshalb auch in die Titel der Erzählung eingegangen sind. Doch während die Judenbuche den Ort markiert, an dem das Verbrechen geschieht und seine spätere Rache findet, wird dem Birnbaum eine derartige Rolle nur fälschlich nachgesagt. Der Birnbaum beschützt den Mörder, und dieser sieht sich ihm gegenüber zu Dank

verpflichtet. Er ist nicht der Rächer einer von Menschenhand geschändeten Natur, sondern spendet segensreich dem Menschen seine Gaben, so reich wie der Birnbaum auf dem Grab des Herrn von Ribbeck.

Eine Besonderheit des Romangeschehens ist das Versagen der gebildeten Akademiker bei der Beurteilung der Tatverdächtigen; ihre Eloquenz verhüllt nur oberflächlich, daß sich Geistliche und Juristen in den Tiefen der menschlichen Seele oft schlecht auskennen. Im Gegensatz zu ihnen erfaßt ein einfaches, ungebildetes altes Weib, das voller Aberglauben steckt, jedoch mit gesundem Menschenverstand ausgestattet ist, intuitiv die Tatsituation. Mit stoischer Ruhe und Gelassenheit setzt sie dem Täter jahrelang zu, pflanzt ihm abergläubische Vorstellungen ein, für die er eigentlich gar nicht disponiert ist, und bringt ihn soweit, daß er die Nerven verliert und ein Opfer irrationaler Zwangsvorstellungen wird. Mit der Jeschke ist Fontane eine echte Volksfigur gelungen, in der sich uralte Denk- und Verhaltensweisen aus heidnischer Zeit erhalten haben.

Hexen werden nicht mehr verbrannt, sie führen ein armseliges, einsames Leben am Rande der Gesellschaft. Sie ist der eigentliche Gegenspieler Abel Hradscheks; wie eine Spinne legt sie ihr Netz aus, in dem er sich ängstlich zappelnd immer mehr verfängt. Ihr Urteil ist unbestechlich; gegen jeden momentan augenfälligen Anschein verfolgt sie ihr Opfer, bis sie es zur Strecke gebracht hat. Als Werkzeug einer unerbittlichen Nemesis kennt sie weder Erbarmen noch Mitleid, am Ende spottet sie noch über den alten Fuchs, der in seiner eigenen Falle gefangen ist.

Abel Hradschek ist aus eigener Schuld in eine prekäre Situation geraten, aus der er keinen anderen Ausweg als den Raubmord findet. Die gegenseitigen Schuldvorwürfe der Eheleute offenbaren die Ursachen: Hradscheks Haltlosigkeit; er trinkt, spielt und hat Verhältnisse – sie hat einen kostspieligen Hang „zum Vornehmen", dem er willenlos nachgibt.

Die Hradscheks fühlen sich gegenüber den reichen Bauern des Dorfes nicht ebenbürtig. Ursel Hradschek führte ein unordentliches Leben, als Hradschek sie buchstäblich auf der Straße auflas. Er ist ein Kleinhändler mit undurchsichtiger Vergangenheit, auf den die Dorfreichen hochmütig herabschauen. So muß der aufgesetzte Schein über das wahre Sein hinwegtäuschen.

Frau Hradscheks Angst vor der Armut, „Nur nicht arm sein... Armut ist das Schlimmste", entspringt der latent in jedem Kleinbürger steckenden Angst vor dem Absinken in das Proletariat. Die ständigen Geldsorgen zermürben die Moral der Eheleute: „Und wenn der Mensch erst an sein Geld denkt, ist er verloren."

Ursel Hradschek, die widerstandslos in das Verbrechen einwilligte und eine Hauptrolle bei dessen Verschleierung spielte, wird ein Opfer ihres schlechten Gewissens. Die furchtbare Tat lastet schwer auf ihr und verändert völlig ihr Wesen. Während sie früher mit kostspieligem Putz das Geld verschwendete, spart sie nun jeden Pfennig, um Seelenmessen für den Ermordeten lesen zu lassen. Hradschek dagegen richtet nicht das schlechte Gewissen, sondern die Angst und ein verhängnisvoller Zufall. Sie sind die Werkzeuge einer höheren Gerechtigkeit, die früher oder später den Verbrecher seiner gerechten Bestrafung nach der alten Spruchweisheit zuführt, die am Ende des Romans steht: „Es ist nichts so fein gesponnen, 's kommt doch alles an die Sonnen."

Ursel Hradscheks Glaubenseifer bietet keinen Schutz vor der Macht des Bösen, und Pastor Eccelius, an den sie sich eng angeschlossen hat, ist in konfessionellen Denkschablonen befangen. Die Tatsache, daß die Katholikin zum Protestantismus übertrat, schlägt ihn mit Blindheit. Er versäumte, sich über die Motive der Konvertion, die mit Sicherheit nicht religiös, sondern sozial bestimmt waren, ein Bild zu machen und leitet allein aus ihr sein totales Fehlurteil über die Hradscheks ab.

Eccelius ist einer aus der langen Reihe protestantischer Pastoren in Fontanes Romanen, allesamt gutherzige, fromme Menschen mit harmlosen Liebhabereien und gelehrten Ambitionen, die jedoch den eigentlichen Anforderungen ihres Amtes nicht gerecht werden.

Eigentümlich an der Kriminalgeschichte ist der straffe Aufbau der Handlung und die gründliche psychologische Motivierung. Daneben entstand ein soziales Zeitbild, in dem auch die geistigen Bewegungen der Epoche ihren Niederschlag gefunden haben. Dies stellt in Anbetracht des verhältnismäßig bescheidenen Umfanges der Arbeit eine beachtliche schriftstellerische Leistung dar, zumal Fontane seinen Figuren auch manche weitschweifige Rede gestattet und seine Freude an pointierten Redewendungen in Form von Sprichwörtern und volkstümlichen Spruchweisheiten reichlich zum Tragen kommt, wofür die folgenden Beispiele stehen:

Sprichwörter:

„Kleine Geschenke erhalten die Freundschaft."
„Alte Liebe rostet nicht."
„Wände haben Ohren."
„Glück muß der Mensch haben. Mancher kriegt's im Schlaf."
„Der Mensch denkt, und Gott lenkt."
„Wer A sagt, muß B sagen."
„Es ist nichts so fein gesponnen, 's kommt doch alles an die Sonnen."

Pointierte Redewendungen

„Armut ist das Schlimmste."
„Dank muß sein, und ein gebildeter Mensch weiß es und wird ihm nicht schwer."
„Es nutzt uns nichts, uns unsere Vergangenheit vorzuwerfen."
„Der Bauer klebt immer am Alten."
„Wenn der Mensch erst an sein Geld denkt, ist er verloren."
„Erbschaft ist die beste Art, zu Geld zu kommen, die beste und eigentlich auch die anständigste."
„Denken und denken ist ein Unterschied."
„Rum ist gut. Aber Rum kann einen auch umbringen."
„Es geht alles wieder vorüber."

Frau Jenny Treibel
oder
„Wo sich Herz zum Herzen findt"

Entstehungsgeschichte des Romans

Der Beginn von Fontanes Arbeit an „Frau Jenny Treibel" fällt in das Jahr 1888. Die Handlung spielt etwa in den Jahren 1882/83. Am 9. Mai 1888 schrieb er an seinen Sohn Theo: „Schon längst hätte ich Dir mal wieder geschrieben, wenn ich nicht, und zwar mit immer steigendem Eifer, mit der Zuendeführung meines neuen Romans beschäftigt gewesen wäre. Nun ist er, im Brouillon fertig, vorläufig beiseite geschoben. Titel: 'Frau Kommerzienrätin' oder 'Wo sich Herz zum Herzen findt.' Dies ist die Schlußzeile eines sentimentalen Liebesliedes, das die fünfzigjährige Kommerzienrätin im engeren Zirkel beständig singt und durch das sie sich Anspruch auf das „Höhere" erwirbt, während ihr in Wahrheit nur das Kommerzienrätliche, will sagen viel Geld, das 'Höhere' bedeutet. Zweck der Geschichte: das Hohle, Phrasenhafte, Lügnerische, Hochmütige, Hartherzige des Bourgeoisstandpunktes zu zeigen, der von Schiller spricht und Gerson meint. Ich schließe mit dieser Geschichte den Zyklus meiner Berliner Romane ab."

Fontane nahm erst nach drei Jahren, im Jahre 1891, die Arbeit an dem Roman wieder auf. Am 2. 7. 1891 bot er ihn zusammen mit „Mathilde Möhring" dem Verleger Julius Rodenberg für seine „Deutsche Rundschau" an. Rodenberg nahm „Jenny Treibel" an. Fontane überarbeitete bis November 1891 den Roman, um den vielen „immer einleuchtender werdenden Vorschlägen Rodenbergs" gerecht zu werden. Er erschien von Januar bis April 1892 im Vorabdruck in der „Deutschen Rundschau" und im Oktober 1892, mit der Jahreszahl 1893, als Buchausgabe im Verlag von Fontanes Sohn Friedrich. Den Stoff verdankt Fontane der Frau des Berliner Justizrates Karl Kette, eines Tunnel-Mitgliedes. (9) Dem Milieu von Jenny Sommerfeldt, der Schwester Theodor Fontanes, entstammt das Bild der Gesellschaft; sie selbst stand in vielen Zügen Modell. Seine Tochter Martha, genannt Mete, ist unverkennbar das Vorbild der Corinna Schmidt; scherzhaft nannte sie Fontane später oft „Corinna".

Inhalt des Romans

1. Kapitel

Frau Kommerzienrat Jenny Treibel, eine korpulente Dame Mitte fünfzig, fährt im Landauer am Hause ihres Jugendfreundes, des Gymnasialprofessors Willibald Schmidt, vor. Während die „ein wenig asthmatische Dame" die Treppe zu der hochgelegenen Wohnung erklimmt, wird sie von der kleinbürgerlichen Atmosphäre und den sonderbaren Gerüchen des Treppenhauses „ganz eigentümlich berührt". Sie erinnert sich an die Zeit, als sie in dem gegenüberliegenden Laden ihres Vaters Tüten klebte und sich der begehrlichen Blicke des Lehrlings Louis zu erwehren hatte.

Frau Schmolke, die Haushälterin, öffnet der Kommerzienrätin die Tür und die herbeigeeilte Corinna, Schmidts Tochter, begleitet sie in das mit Familienportraits geschmückte Vorderzimmer. Frau Treibel ist gekommen, um Corinna zu einer Gesellschaft einzuladen, die sie zu Ehren von Mr. Nelson, dem englischen Geschäftspartner ihres Sohnes, geben will.

Wortreich schwelgt die Kommerzienrätin in sentimentalen Erinnerungen, wobei Corinna sie immer wieder mit ihren sachlich-nüchternen Einwendungen kontert. Vor allem schwärmt sie für das Poetische und ist überzeugt, daß der Himmel ihr dafür das Herz gegeben hätte. „Aber Gott sei Dank, ich habe mich an Gedichten herangebildet... und daß es so ist, das verdanke ich nächst Gott, der es in meine Seele pflanzte, deinem Vater. Der hat das Blümelein großgezogen..."

Frau Jenny Treibel spendet auch der Bescheidenheit ihr Lob: „Ach, meine liebe Corinna, glaube mir, kleine Verhältnisse, das ist das, was allein glücklich macht." Corinna entgegnet lächelnd: „Das sagen alle die, die drüberstehen und die kleinen Verhältnisse nicht kennen."

Als das Gespräch auf Leopold Treibel, den jüngsten Sohn der Kommerzienrätin kommt, für den sie sich nur eine „standesgemäße Heirat" vorstellen kann, erscheint der Professor. Melancholisch sprechen sie von der Vergangenheit, die nicht wiederkehrt. Weil ihr Kutscher ungeduldig mit der Peitsche knallt, verabschiedet sich die Treibel hastig: „Mit uns, lieber Professor, bleibt es beim alten, unentwegt."

Willibald Schmidt, mit seiner Tochter wieder allein, spottet über das Modewort „unentwegt" und nennt die Kommerzienrätin: „Ein Musterstück von einer Bourgeoise."

2. Kapitel

Die Villa der Treibels steht auf einem Grundstück am östlichen Stadtrand Berlins. Früher gab es hier nur Fabrikgebäude, in denen so banale Produkte wie Blutlaugensalz und Berlinerblau hergestellt wurden. In der Gründerzeit, als auch die Treibelschen Geschäfte einen großen Aufschwung nahmen, war das in der alten Jakobstraße gelegene Wohnhaus, obwohl es ein Baumeister Friedrichs des Großen, Gontard oder Knobelsdorff gebaut haben sollte, nicht mehr standesgemäß. Die Nähe der Fabrik hatte auch Nachteile: bei ungünstigem Wind störten Qualm und Gestank. Aber der Kommerzienrat beseitigte nach und nach den Übelstand, indem er die Schornsteine immer höher ausführen ließ.

Die Kommerzienrätin macht in ihrem Boudoir Toilette. Durch das Fenster beobachtet sie die Anlieferung der Menus und bedauert, daß Treibel keinen Nebeneingang für die Lieferanten eingeplant hatte. „Jetzt marschiert jeder Küchenjunge durch den Vorgarten gerade auf unser Haus zu, wie wenn er mit geladen wäre. Das sieht lächerlich aus..."

Der Kommerzienrat liest in seinem Zimmer das „Berliner Tageblatt". Er

denkt über Vogelsang nach, der auch eingeladen ist; ein konservativer Fanatiker, der eigentlich reif für das Irrenhaus ist und für ihn im Kreis Teupitz-Zossen die Wahltrommel rührt. Bedauernd blickt Treibel auf seine Orden: „Es ist mir wirklich zu wenig."
Nach und nach treffen die Gäste ein. Den Anfang macht sein ältester Sohn Otto, Besitzer einer Holzhandlung, mit seiner Frau Helene. Dann erscheint Mr. Nelson, an dem neben der saloppen Kleidung die „Mischung von Selbstbewußtsein und Verlegenheit" auffällt. – In einer Droschke zweiter Klasse fährt ein langer, hagerer Mann vor, der folgendermaßen beschrieben wird: „Er schien Auseinandersetzungen mit dem Kutscher zu haben, während deren er übrigens eine bemerkenswerte sichere Haltung beobachtete, und nun rückte er sich zurecht und warf die Gittertür ins Schloß. Er war in Helm und Degen, aber ehe man noch die „Schilderhäuser" auf seiner Achselklappe gewahr werden konnte, stand es für jeden mit militärischem Blick nur einigermaßen Ausgerüsteten fest, daß er seit wenigstens dreißig Jahren außer Dienst sein müsse. Denn die Grandezza, mit der er daherkam, war mehr die Steifheit eines alten, irgend einer ganz seltenen Sekte zugehörigen Torf- oder Salzinspektors, als die gute Haltung eines Offiziers. Alles gab sich mehr oder wenige automatenhaft, und der in zwei gewirbelten Spitzen auslaufende Schnurrbart wirkte nicht nur gefärbt, was er natürlich war, sondern zugleich auch wie angeklebt."
Nelson lacht „dem alt und aufgesteift vor ihm stehenden Leutnant" ungeniert ins Gesicht, ohne zu ahnen, daß er selbst auf eine andere Weise ebenso komisch wirkt.
Nach einigen befreundeten Fabrikbesitzern und Corinna Schmidt mit ihrem Vetter Marcel Wedderkopp fahren in der Treibelschen Kutsche zwei alte Damen vor, Frau Majorin Ziegenhals und Frau Edwine von Bomst.

3. Kapitel

Bei Tisch präsentiert sich Frau Jenny Treibel in vollem Glanz, „und ihre Herkunft aus dem kleinen Laden in der Adlerstraße war in ihrer

Erscheinung bis auf den letzten Rest getilgt."

Jenny eröffnet die Konversation, indem sie sich bei den ehemaligen Hofdamen nach „Prinzeß Anisettchen erkundigt. Treibel mahnt sie unauffällig, sich auch ihrem Tischnachbarn, dem Leutnant Vogelsang, zu widmen. Sie spricht ihn auf seine bevorstehende Reise in Treibels Wahlkreis und ein Attentat auf Wilhelm IV. an, das sich dort einst ereignete. So kommt das Gespräch auf Georg Herwegh, den Lieblingsdichter ihrer Mädchenjahre. Vogelsang dagegen verachtet Herweghs Pathos: „...Mich in den Schoß des Ewigen verbluten... Ja, das kann ich, meine Gnädigste, das hab ich damals auch nachgebetet. Aber wer sich, als es galt, durchaus nicht verbluten wollte, das war der Dichter selbst. Das kommt von den hohlen, leeren Worten und der Reimsucherei. Glauben Sie mir, Frau Rätin, das sind überwundene Standpunkte. Der Prosa gehört die Welt." Frau Treibel ist tief verletzt, sie will sich die Poesie nicht rauben lassen.

Die Majorin Ziegenhals mokiert sich gegenüber Treibel über den merkwürdigen Leutnant: ... „wie kommen Sie zu dem Gespenst da drüben; er scheint noch ein Vorachtundvierziger, das war damals die Epoche der sonderbaren Leutnants, aber dieser übertreibt es. Karikatur durch und durch.", und sie beharrt, trotz Treibels Einwänden: „...Er kann doch nur als Warnungsschatten vor den Prinzipien stehen, die das Unglück haben, von ihm vertreten zu werden..." Die Ziegenhals wundert sich, warum Treibel für die Konservativen in einem ländlichen Wahlkreis kandidiert, gehört er doch eigentlich, als Städter und Fabrikant, zu den Fortschrittlern. Treibel rechtfertigt seinen politischen Standort: „Ja meine Gnädigste, Fabriken im allgemeinen neigen der Bürgerkrone zu... Im Berliner Blau (einem Produkt seiner Fabrik d. Verf.) haben Sie das symbolisch Preußische sozusagen in höchster Potenz, und je sicherer und unanfechtbarer das ist, desto unerläßlicher ist auch mein Verbleiben auf dem Boden des Konservatismus..."

Am unteren Ende der Tafel sitzen die jüngeren Leute. Corinna preist gegenüber Mr. Nelson ihre Hausfrauentugenden und ihre Leistungen im Kunststopfen, die sie im Lette-Verein erworben hat. Ihr Vetter Marcell Wedderkopp findet, daß sie ein solches „Sich-in-Szene-setzen" nicht nötig habe. Treibel hält eine Tischrede, die mit einem Toast auf „our army and our navy" endet, die mit Vogelsang und Mr. Nelson durch „Beruf und Lebensstellung" und „einen weltberühmten Heldennamen" vertreten seien.

Vogelsang bedankt sich mit einer Rede, in der er nicht mit Seitenhieben auf die englische Aristokratie spart. Er tritt für sein Ideal einer „Royaldemokratie" ein, in der über der Masse gleichgestellter Untertanen, ohne die Zwischenstufe des Adels, ein König von Gottes Gnaden thront.

4. Kapitel

Nachdem auf ein Zeichen von Frau Treibel die Tafel aufgehoben ist, wird der Kaffee im Garten gereicht. Treibel zieht sich mit dem Leutnant in sein Arbeitszimmer zu einer Zigarre zurück. Zunächst fragt er Vogelsang nach seinem Eindruck über die inzwischen nach Hause gefahrenen alten Damen. „Und was diese Ziegenhals angeht", erwidert dieser, „... so vertritt sie natürlich den Standpunkt des Feudalismus ... Personen wie diese Majorin und selbstverständlich auch ihr adliger Anhang ... alle leben mehr oder weniger in einem Wust von Einbildungen, will sagen von mittelalterlichen Standesvorurteilen, und das schließt ein Zusammengehen aus, trotzdem wir die Königsfahne mit ihr gemeinsam haben ..." Der Leutnant ficht einen Zweifrontenkampf gegen Fortschrittsdenken und Ansprüche des Adels: „Unsere Sache besteht nicht nur darin, den fortschrittlichen Drachen zu bekämpfen, sie besteht auch in der Bekämpfung des Vampir-Adels, der immer bloß saugt und saugt. Weg mit der ganzen Interessenpolitik ..." Das Hinzutreten des Polizeiassessors Goldammer sorgt für einen Wechsel des Themas. Man spricht über eine neu aufgetauchte Soubrette und Klatsch aus der Hofgesellschaft. Endlich kehren die Herren in den Saal zurück, wo der ehemalige Opernsänger Krola „seine Hauptstücke" zum besten gibt. Schließlich läßt Frau Treibel auf Bitten ihrer Gäste mit ihrer dünnen, „durchaus im Gegensatz zu ihrer sonstigen Fülle stehenden Stimme" ihr Lieblingslied mit der Schlußstrophe: „Wo sich Herz zum Herzen findet" erklingen, wofür ihr „rauschender Beifall" dankt.

Mister Nelson schildert Corinna seine Eindrücke: „Wonderfully good. Oh, these Germans, they know everything ... even such an old Lady", worauf Corinna ihm mit den Fingern den Mund schließt.

Kurze Zeit darauf verlassen die letzten Gäste die Treibel'sche Villa.

5. Kapitel

Als Letzte verlassen Corinna und Marcell das Treibelsche Haus. Marcell beschwert sich, daß Corinna mit Leopold geflirtet habe und Nelson ständig anhimmele. Da spielt es vom Turm der nahen Kirche: „Üb immer Treu und Redlichkeit". Die jungen Leute beziehen es auf sich und streiten miteinander darüber. Marcell ist eifersüchtig auf Leopold Treibel, Corinna gibt zu, sich nach einem angenehmen Leben zu sehnen.

6. Kapitel

An demselben Abend findet in Schmidts Wohnung das „Kränzchen" der „Sieben Waisen Griechenlands" statt, zu dem sich sieben Gymnasiallehrer regelmäßig zusammenfinden. Es sind nicht alle erschienen, und so ist es unvermeidlich, daß über die Abwesenden gesprochen wird. Hauptthema des Abends ist die Frage, ob die Perückengelehrsamkeit und die pädagogischen Prinzipien von einst noch Bestand hätten. Willibald Schmidt meint: „Mit dem bloßen Glauben an sich, mit der geschwollenen Wichtigktuerei, mit der Pompösität ist es heute nicht mehr getan. An die Stelle dieser veralteten Macht ist die reelle Macht des wirklichen Wissens und Könnens getreten ..."

7. Kapitel

Die vier Herren begeben sich ins Vorderzimmer, wo die Schmolke eine Schüssel Oderkrebse kredenzt. Die Tischunterhaltung dreht sich um das Thema „Hummer oder Krebse" und die Frage, ob in der Geschichte nur das Große etwas gilt.

Plötzlich erscheinen Corinna und Marcell. Corinna zieht sich bald zurück und Marcell nimmt an der Tafel Platz. Punkt Elf verabschieden sich die Gäste und Marcell bittet Schmidt um eine Unterredung.

Schmidt sieht in Marcell seinen zukünftigen Schwiegersohn. Dieser klagt über Corinnas Verhalten gegenüber Leopold. Sie habe den ganzen Abend sich nur mit dem Engländer beschäftigt, obwohl ihr an ihm nichts lag. Es sei eine Art Komödie gewesen, und „Dieser unglückliche Leopold hängt schon lange an ihren Lippen und saugt das süße Gift ein ..."

Schmidt wendet ein, derartiges käme alle Tage vor, das sei eine typisch weibliche Kaprice. Im übrigen könne er ganz fest damit rechnen, daß Frau Kommerzienrat Treibel eine Verbindung zwischen Corinna und Leopold hintertreiben werde. Er selbst habe das Glück gehabt, „als Objekt und Opfer", das Wesen dieser Frau studieren zu können. Als er eines Tages sein „berühmtes Gedicht" gedichtet hatte, das „Unglücksding, das sie seitdem immer singt", warf sie sich ihm mit den Worten „Willibald, Einziger, das kommt von Gott" an die Brust. Er beendete rasch sein Studium, sie aber habe ihn immer nur hingehalten und ihm dann Treibel vorgezogen. Sie bildet sich ein, „ein gefühlvolles Herz 'für das Höhere' zu haben. Aber sie hat nur ein Herz für das Ponderable, für alles, was ins Gewicht fällt und Zins trägt, und für viel weniger als eine halbe Million gibt sie den Leopold nicht fort."

Schmidt versichert: „Und wenn Corinna sich in Tollheiten überschlägt, laß sie; den Ausgang der Sache kenn ich. Du sollst sie haben, und du wirst sie haben, und vielleicht eher, als du denkst."

8. Kapitel

Am nächsten Morgen sprechen die Treibels beim Frühstück über ihre Gäste. Die Schwiegertochter Helene schmollt mit den alten Treibels, weil sie ihre Schwester Hildegard noch nicht eingeladen haben. „Leopold soll Hildegard oder eigentlich Hildegard soll Leopold heiraten; denn Leopold ist bloß passiv und hat zu gehorchen. Das ist das, was die Munks wollen, was Helene will und was unser armer Otto, der, Gott weiß es, nicht viel sagen darf, schließlich auch wird wollen müssen", meint Frau Treibel.

Während die alten Treibels sich über die Schwäche und Leidenschaftslosigkeit ihres Sohnes Leopold aussprechen, gedenken auch die jungen Treibels der Gesellschaft vom vorigen Tag. Helene reibt ihrem Mann unter die Nase, daß die Treibels den Munks, von denen ein Zweig vom Dänenkönig in den Grafenstand erhoben worden sei, nicht das Wasser reichen könnten. Leopold allerdings, „der unter Durchschnitt" sei, hätte eventuell die Chance, ein Gentleman zu werden, wenn Hildegard ihn nähme.

Leopold Treibel hat sich ein Reitpferd angeschafft, weil er wegen seiner flachen Brust nicht bei den Gardedragonern dienen kann. Er reitet an diesem Morgen aus, um in der Nähe von Treptow in einem Gartenrestaurant an der Spree Kaffee zu trinken. Der Kellner, „sein Freund Mützell", kennt Leopolds Wünsche und bedient ihn mit gewohnter Promptheit. Aber er weigert sich, eine zweite Tasse zu servieren; Frau Treibel hat es ihm untersagt, weil der Sanitätsrat nur eine Tasse gestattete. „Ach, es ist zum Ärgern", denkt Leopold, „alles zum Ärgern. Bevormundung, wohin ich sehe, schlimmer als ob ich gestern meinen Einsegnungstag gehabt hätte."

Um aus diesem Zustand herauszukommen, nimmt er sich vor, Corinna um ihr „Ja" zu bitten. Dann reitet er in die Stadt zurück.

9. Kapitel

Eine Woche später ist im Schmidtschen Hause so ziemlich jeder auf jeden verstimmt. Nur Schmidt selbst merkt nichts davon. Auch im Hause Treibel grollt jeder mit jedem, und der alte Treibel ahnt ebenfalls nichts. Ihn beschäftigen seine Wahlangelegenheiten. Vogelsang ist in den Wahlkreis abgereist und telegraphiert laufend Erfolgsmeldungen, begleitet von Geldforderungen. Treibel erhält einige Zeitungen; die Provinzblätter verbreiten Meldungen, die offensichtlich von Vogelsang lanciert sind, während ein nationalliberales Berliner Blatt Vogelsangs Auftreten einen höhnischen Kommentar widmet. Er endet mit den Worten: „Aber was wir am meisten beklagen, ist das, daß er nicht für sich, und in seinem Namen sprach, sondern im Namen eines unserer geachtetsten Berliner Industriellen ... Ein neuer Beweis dafür, daß man ein guter Mensch und doch ein schlechter Musikant sein kann und desgleichen ein Beweis, wohin der politische Dilletantismus führen kann."

Um seinen Ärger loszuwerden, geht Treibel in den Garten und trifft dort Fräulein Honig; mit ihr unterhält er sich über seine Enkeltochter Lizzy, die ihm zusehr „auf einen richtigen Engel hin" erzogen wird. Sie werden unterbrochen, als Helene Treibel mit den beiden Schwestern Felgentreu erscheint, die zu einem Ausflug nach Halensee einladen.

10. Kapitel

Man hat vereinbart, sich 4 Uhr in Halensee zu treffen. Die Treibels, Felgentreus, der Opernsänger Krola, Corinna und einige andere sind pünktlich. Willibald Schmidt und Leopold Treibel treffen, wie angekündigt, später ein.

Nach Kaffee und Kuchen bricht die Gesellschaft zu einer Grunewaldwanderung auf. Jenny klagt Willibald Schmidt, daß das große Glück an ihr vorübergegangen sei, und daß sie „in einfachen Verhältnisses und als Gattin eines in der Welt der Ideen und vor allem auch des Idealen stehenden Mannes wahrscheinlich glücklicher geworden wäre ..."

Schmidt tröstet sie; sie sei glückliche Mutter von zwei Söhnen von guter Bildung und guten Sitten. Es bereite sich ein zweites Verlöbnis vor; Helenes Schwester werde bald Leopolds Braut. Jenny Treibel gerät in einen erregten Ton: „Leopold ist ein Kind und darf sich überhaupt nicht nach eigenem Willen verheiraten, am wenigsten aber nach dem Willen seiner Schwägerin Helene ... Leopold soll, trotz allem, was ihm fehlt, höher hinaus ... Und deshalb soll er eine kluge Frau haben ... Wissen und Klugheit und überhaupt das Höhere – darauf kommt es an. Alles andere wiegt keinen Pfifferling ..."

Leopold und Corinna folgen den beiden Alten in angemessener Entfernung. Der junge Treibel richtet Grüße von Mr. Nelson aus, der hell begeistert ist von ihr. Corinna prophezeit Leopold seine baldige Hochzeit mit Hildegard Munk. Er will jedoch davon nichts wissen; mit einer Munk darf er seiner Mutter nicht vor die Augen treten. Er gesteht ihr seine Liebe und sie antwortet: „Aber eines Leopold, dürfen wir uns nicht verhehlen, uns stehen noch schwere Kämpfe bevor. Deine Mama hat an einer Munk genug, aber ob ihr eine Schmidt recht ist, ist noch sehr die Frage ... hier, Leopold, mußt du mir schwören, aushalten zu wollen in deiner Liebe."

Leopold versichert, daß Schwierigkeiten und Kämpfe ihn nicht wankend machen werden.

Wenig später treten alle die Heimfahrt an.

11. Kapitel

Frau Schmolke empfängt Corinna an der Wohnungstür. Diese will sofort ins Bett und die Haushälterin bringt ihr eine Tasse Tee. Corinna ist froh, daß sie sich mit dieser treuen Seele noch etwas unterhalten kann und erfährt, daß der verstorbene Schmolke bei der Sittenpolizei war und die Schmolke als junge Frau deshalb jahrelang unter Eifersucht litt. Aber Schmolke war „ein sehr anständiger Mann".

Willibald Schmidt, der mit der Stadtbahn zurückgefahren ist, trifft nun auch ein und zieht sich mit seiner Zeitung zurück. Corinna erzählt der Schmolke, daß sie sich heute mit Leopold Treibel verlobt habe. Diese hätte eigentlich Marcell als Corinnas Mann lieber gesehen, aber sie ist auch bereit, Leopold zu akzeptieren. Nur der Schwiegermama traut sie nicht und sieht harte Auseinandersetzungen auf den armen Leopold zukommen.

12. Kapitel

Die Kommerzienrätin ist froh, daß sie nach ihrer Rückkehr allein sein kann; denn Treibel ist zu einer Parteiversammlung gefahren. Die Unterhaltung mit Schmidt hatte sie angeregt. Sie findet nun, daß Kunst und Wissenschaft doch einen besseren Klang haben als Kommerzienrätin und immer wieder Kommerzienrätin. Auch die Kinder wären besser geraten; sie findet, Corinna stecke ihre beiden Jungen allemal in die Tasche.

Leopold läßt durch den Diener seiner Mutter einen Brief überreichen, in dem er dringend um eine Unterredung bittet. Herbeigerufen, gesteht er die Verlobung. Sie erschrickt heftig; und als sie erfährt, daß Corinna die Braut ist, fällt sie in eine Ohnmacht, aus der sie sich jedoch verdächtig schnell erholt. Sie verbietet ihm schlankweg die Verlobung und erklärt, es habe sich wieder einmal gezeigt, wie unreif, ja knabenhaft er sei: „Du hast dich verlobt? Sie hat sich verlobt und du bist bloß verlobt worden. Sie spielt mit dir, und anstatt dir das zu verbitten, küssest du ihr die Hand und lässest dich einfangen wie die Gimpel." Die Treibel unterläßt es auch nicht, offen zu drohen: „Leopold, vergiß nicht, daß der Segen der Eltern den Kindern Häuser baut. Wenn ich dir raten kann, sei klug und bringe dich nicht um einer gefährlichen Person und einer flüchtigen Laune willen um die Fundamente, die das Leben tragen und ohne die es kein rechtes Glück gibt."

Leopold zieht es vor, sich ohne Widerspruch zurückzuziehen. Bald danach taucht Treibel auf und bemerkt, daß etwas Außerordentliches vorgefallen sein müsse. Was seine Frau zu berichten hat, erzielt jedoch nicht die von ihr erhoffte Wirkung: „Corinna", sagt er, „und schlankweg verlobt und ohne Mama zu fragen. Teufelsjunge. Man unterschätzt doch immer die Menschen und am meisten die eigenen Kinder". Treibel, in Fahrt gekommen, läßt sich von seiner Frau nicht unterbrechen: „Nein, Jenny, noch nicht, noch bin ich nicht fertig. Ich bin nun mal im Zuge. Skandal sagst du und Blamage. Nun, ich sage dir, nimm dich in acht, daß aus der bloß eingebildeten Blamage nicht eine wirkliche wird und daß – ich sage das, weil du solche Bilder liebst – der Pfeil nicht auf den Schützen zurückfliegt. Wer sind wir denn? Wir sind weder die Montmorencys noch die Lusignans – von denen, nebenher bemerkt, die schöne Melusine herstammen soll, was dich vielleicht interessiert – wir sind auch nicht die Bismarcks oder die Arnims oder sonst was Märkisches von Adel, wir sind die Treibels, Blutlaugensatz und Eisenvitrol, und du bist eine geborene Bürstenbinder aus der Adlerstraße. Bürstenbinder ist ganz gut, aber der erste Bürstenbinder kann unmöglich höher gestanden haben als der erste Schmidt."

Jenny weiß, daß Treibel, wenn er erst mal sich alles von der Seele geredet hat, wieder mit sich reden lassen wird. So kündigt sie ihm nur an, daß sie auch ohne seine Zustimmung handeln werde.

13. Kapitel

Am anderen Morgen läßt sich Frau Treibel den Kaffee in ihr Zimmer bringen, um ungestört einen Brief an Hildegard Munk schreiben zu können. Sie bekundet ihr Bedauern, daß ein Besuch noch nicht zustande gekommen sei und lädt sie herzlich für ein paar Wochen ein. In einem Nachsatz deutet sie an, wie glücklich sie wäre, wenn Hildegard sich mit Leopold verloben würde.

Helene erscheint im Morgenkleid, weil sie von der Verlobung mit Corinna erfahren hat. Sie ist voller Haß auf Corinna und setzt einige Zeilen unter den Brief an ihre Schwester.

Bei Schmidts treffen zwei Rohrpostbriefe ein. Frau Treibel kündigt ihren Besuch an und Leopold versichert Corinna seine Liebe.

Kurz nach 1 Uhr erscheint die Kommerzienrätin bei Willibald Schmidt. Sie beschuldigt Corinna, Leopold in eine Falle gelockt zu haben, alles sei ein „wohlüberlegter Überfall" gewesen. Schmidt ruft Corinna ins Zimmer, die den wahren Hergang schildert und fragt, ob man erwarten könne, daß sie das wenige, was die Natur ihr mitgegeben habe, vergraben solle, nur damit das Haus Treibel vor einer Verlobung mit ihr bewahrt bleibe. Sie schließt mit den Worten: „... wer sind die Treibels? Berliner-Blau-Fabrikanten mit einem Ratstitel und ich, ich bin eine Schmidt."

Ohne dem Professor die Hand zu reichen, geht die Treibel. Schmidt umarmt Corinna und sagt: „Corinna, wenn ich nicht Professor wäre, so würd' ich am Ende Sozialdemokrat."

14. Kapitel

In den nächsten Tagen herrscht im Hause Treibel und bei den Schmidts eine gedrückte Stimmung. Hildegard wird wenige Tage, nachdem der Einladungsbrief abging, von Leopold am Zug abgeholt. Sie amüsiert sich über seine Befangenheit, aber im Hause Treibel findet sie alles wunderbar. Die schlechte Laune der Treibels, woran auch das Scheitern der Wahlkampagne Schuld trägt, beginnt allmählich auch Hildegard zu fühlen, und sie bringt nun halbe Tage bei Helene zu.

Leopold schreibt Corinna täglich einen Brief, aber sie spürt die Lauheit zwischen seinen forschen Zeilen und liest sie kaum. Bei einem längeren Gespräch mit der Schmolke gesteht sie schließlich, wie es mit ihren Gefühlen wirklich bestellt ist, worauf die alte Haushälterin erleichtert antwortet: „Ja, Corinna, da kann ich dir bloß nochmal sagen, dann ist wirklich die höchste Zeit, daß was geschieht. Denn wenn du ihn nicht liebst und ihr nich haßt, denn weiß ich nich, was die ganze Geschichte überhaupt noch soll."

15. Kapitel

Frau Schmolke erzählt beim Abdecken des Mittagstisches dem Professor, daß es mit der Verlobung vorbei sei. Er hat es nicht anders erwartet, und es trifft sich sehr gut, daß Marcell soeben eine Stelle als Gymnasial-Oberlehrer erhalten hat. Willibald Schmidt schickt ihm einen Rohrpostbrief, in dem er ihm versteckt seinen Sieg mitteilt.

Kurz vor 5 Uhr kommt Marcell zum Professor. Sie sprechen darüber, wie sich Marcell zu Corinnas „Tragikkomödie" stellen sollte. Marcell wäre es lieber gewesen, wenn sie nicht stattgefunden hätte, aber er fühlt sich nicht in seiner Ehre gekränkt: „Respekt vor dem Ehrenpunkt, gewiß; aber zuviel davon ist vielleicht überall vom Übel, und in der Liebe nun schon ganz gewiß."

16. Kapitel

Am anderen Morgen liegen zwei Briefe auf Corinnas Frühstückstisch: einer von Leopold, der andere von Marcell. Er schreibt, daß das, was er bereits wisse, alle Bitterkeit aus seiner Seele lösche. Noch am selben Abend kommt er selbst und wird von Corinna mit den Worten empfangen: „Du bist so gut, und ich hoffe, daß ich dessen immer eingedenk sein werde. Was ich wollte, war nur Torheit." Sie läßt sich von Marcell nicht unterbrechen: „Nein, Marcell, ich muß noch ein paar Worte sagen. Sieh, das mit Leopold, das wäre vielleicht gegangen, warum am Ende nicht? Einen schwachen, guten, unbedeutenden Menschen zur Seite zu haben kann sogar angenehm sein ... Aber diese Mama, diese furchtbare Frau! Gewiß, Besitz und Geld haben einen Zauber, wär es nicht so, so wäre mir meine Verwirrung erspart geblieben; aber wenn Geld alles ist, und Herz und Sinn verengt und im Überfluß Hand in Hand geht mit Sentimentalität und Tränen – dann empört sich's hier..."

Am übernächsten Tag lesen die Treibels die Verlobungsanzeige in der Zeitung und es treffen auch Karten ein. Nun ist auch Jenny die Bedeutung dieses Tages klar, es gibt zwei Verlobungen.

Am letzten Julisonnabend findet Corinnas und Marcells Hochzeit statt. Auch die Treibels erscheinen, mit Ausnahme Leopolds, vollzählig. Gegen acht bricht das junge Paar zur Hochzeitsreise auf, die nach Verona führen soll.

Gegen zehn haben sich die Reihen der Gäste stark gelichtet und von den Treibels ist nur noch der Kommerzienrat geblieben. Schmidt bittet den Opernsänger Krola, noch einmal Jenny Treibels Lied zu singen. Schmidt weint vor Rührung; als er sich gefangen hat, sagt er zu Treibel: „... unsere Jenny hat doch recht. Es ist was damit, es ist was drin, ich weiß nicht genau was, aber das ist es eben – es ist ein wirkliches Lied. Alle echte Lyrik hat was Geheimnisvolles. Ich hätte doch am Ende dabei bleiben sollen..." Treibel und Krola nicken zustimmend, und Schmidt fügt hinzu: „Für mich persönlich steht es fest, Natur ist Sittlichkeit und überhaupt die Hauptsache. Geld ist Unsinn, Wissenschaft ist Unsinn, alles ist Unsinn, Professor auch. Wer es bestreitet, ist ein pecus. Nicht war, Kuh...? Kommen Sie, meine Herren, komm Krola...Wir wollen nach Hause gehen."

Wort- und Sacherläuterungen

1. Kapitel

rammasiert	untersetzt.
Corinna	Corinnas Vater ist Verehrer des Griechischen Chorlyrikers Pindar (518 – 446 v. Chr.). Sie trägt den Namen der Lyrikerin Korinna (um 500 v. Chr.).
Philharmonie	Konzertsaal in Berlin.
Heroldskammer	1855 in Preußen eingerichtetes Amt für Adelsangelegenheiten.
Roter Adlerorden	Zweithöchster preußischer Orden.
Kolonie	Die Nachkommen der französischen protestantischen Emigranten, die nach der Aufhebung des Edikts von Nantes 1685 in die Mark Brandenburg kamen.
Hövell	Berliner Schokoladengeschäft Unter den Linden.
Kranzler	Café Unter den Linden.
Booth	Berühmter amerikanischer Schauspieler, der 1882 in Berlin als Hamlet, Othello und Jago auftrat.
die Geschichte von dem Kamel und dem Nadelöhr	St. Matthäus-Evangelium, Kap. 19
Parcival	Epos des mhd. Dichters Wolfram von Eschenbach

2. Kapitel

Blutlaugensalz	Eisenzyanverbindung des Kaliums, besonders für die Färberei produziert.

Berliner Blau	Preußisch Blau.
Mezzanin	(franz.) niedriges Zwischengeschoß.
Husterschc Wagen	Kleine Wagen der Gaststätte und Stadtküche von A. Huster „Englisches Haus". Hier fand das Fest zu Fontanes 70. Geburtstag statt.
„Ulk"	Satirische Beilage des linksliberalen „Berliner Tageblattes".
Nunne	Eckensteher Nunne, dessen satirische Kommentare im „Ulk" von Schmidt-Cabanis verfaßt wurden.
Deutsches Tageblatt	Nationalkonservative Berliner Tageszeitung.
Agent provokateur	(franz.) Lockspitzel.
Singer	Paul Singer (1844 – 1911), Unternehmer, sozialdemokratischer Politiker.
Trappisten	Mönchsorden mit Gelübde ewigen Schweigens.
gutta cavat capidem	(lat.) Tropfen höhlt den Stein, als deutsches Sprichwort: Steter Tropfen ... (Ovid, Epistulae ex Ponto).
Poveretto	(ital.) armer Teufel.
Dalldorf	Irrenanstalt bei Berlin (heute Wittenau).
früher Moldau und Walachai	Fürstentümer, die sich 1861 zum Königreich Rumänien zusammenschlossen.
„Schilderhäuser"	Volksstümliche Bezeichnung der Schulterstücke für verabschiedete Offiziere.

3. Kapitel

Professor Franz	Berliner Bildhauer (1824 bis 1887).

daß es des Landes der Brauch sei	Umkehrung des Faustzitates „Das ist des Landes nicht der Brauch" von Goethe (V. 2949).
Bürgermeister Tschech	Heinrich Ludwig Tschech (1789 bis 1844), Bürgermeister von Storkow, der 1844 einen Attentatsversuch auf Friedrich Wilhelm IV. unternahm und hingerichet wurde.
das eigentümliche Lied	Lied auf den Attentatsversuch von Tschech „Aber keiner war so frech, wie der Bürgermeister Tschech, denn er traf fast auf ein Haar, unser treues Königspaar. Ja, er traf die Landesmutter durch den Rock ins Unterfutter."
„Flüche gegen Rom"	Anspielung auf ein antiklerikales Gedicht von Herwegh (1841).
„Die Kreuze aus der Erde reißen"	Zitat aus Herweghs Gedicht „Aufruf".
„Herwegh war sogar bei ihm in Charlottenburg"	Friedrich Wilhelm IV. empfing Herwegh 1842, wies ihn aber bald darauf aus Preußen aus.
„Ich möchte hingehen wie das Abendrot"	Erste Zeile von Herweghs „Strophen aus der Fremde" (1839).
„Gold ist nur Chimäre"	Zitat aus der Oper „Robert der Teufel" (1831) von Meyerbeer (1791 bis 1864). M. war ein Sohn eines Bankiers.
Büchmann	Georg Büchmann (1822 bis 1884). Herausgeber der Zitatensammlung „Geflügelte Worte".
Don Quixote	Don Quichote, Held des Romanes von Miguel de Cervantes Saavedra (1547 bis 1616); Ritter von der traurigen Gestalt, Sinnbild eines weltfremden Narren.

„der Not gehorchend"	Zitat aus Schillers „Die Braut von Messina", I, 1. („Der Not gehorchend, nicht dem eigenem Triebe").
Ludwig Loewe	Berliner Nähmaschinen- und Waffenfabrikant (1837 bis 1886), Reichstagsabgeordneter der Fortschrittspartei.
Kronenorden	Hoher preußischer Orden.
Regula de tri	(lat.) Dreisatzrechnung
l'appetit vient en mangeant	(franz.) Der Appetit kommt beim Essen. Zitat aus Rabelais' (1494 bis 1553) Roman „Gargantua und Pantagruel", Kap. 5.
„Kornblumen, dies Symbol königlich preußischer Gesinnung"	Die Kornblume war die Lieblingsblume von Königin Luise und Kaiser Wilhelm I. Am 11. 6. 1879 schrieb Fontane aus Anlaß der Goldenen Hochzeit des Kaiserpaares an seine Frau: „Heute läuft alles mit 'Kornblumen' im Knopfloch herum. Es ist eine lederne Blume, blaßblau, ohne Duft, ohne Schönheit, ohne Poesie. So recht wie geschaffen für uns."
Petroleur und Dynamitarde	Abschätzige Bezeichnung der Teilnehmer an dem Aufstand der Pariser Kommunarden (1871).
Battle at the Nile	(engl.) Schlacht am Nil, in der am 1. 8. 1798 Nelson vor Abukir die französische Flotte besiegte.
... im Walter Scott gelesen	Beschreibung der Schlacht in Walter Scotts (1771 bis 1832) „Das Leben des Napoleon Bonaparte" (1827).

Certainly ... England expects	„Sicher ... England erwartet, daß jeder seine Pflicht tut." – Ausspruch Nelsons vor der Schlacht bei Trafalgar.
Blut- und Eisentheorie	Anspielung auf Bismarcks Ausspruch von 1862 vor der Budgetkommission des preußischen Abgeordnetenhauses: „Nicht durch Reden und Majoritätsbeschlüsse werden die großen Fragen der Zeit entschieden, ... sondern durch Blut und Eisen."
Vater Jahn	Der sogenannte „Turnvater" Friedrich Ludwig Jahn (1778 bis 1852).
Lette-Verein	„Verein zur Förderung der Erwerbsfähigkeit des weiblichen Geschlechts", 1856 von Wilhelm Adolf Lette (1779 bis 1868) gegründet.
Gonfaloniere	(ital.) Bannerträger.

4. Kapitel

Medisance	(franz.) üble Nachrede.
hochseligen Königs Majestät	Friedrich Wilhelm IV. (1795 bis 1861).
die Meiningschen Herrschaften	Erbprinz Bernhard v. Meiningen (1851 bis 1929), Großneffe Friedrich Wilhelms IV. und dessen Ehefrau Charlotte, Tochter Kaiser Friedrichs III.
alles, was in der Molkenmarktluft großgeworden	Am Molkenmarkt befand sich ein Gefängnis.
Dies sollte man tun und jenes nicht lassen	Matthäus-Evangelium Kap. 23
Das Quitzowtum	Das märkische Junkertum; unter Führung

	der Brüder Quitzow erhob sich der märkische Adel 1411 bis 1414 gegen Friedrich von Hohenzollern, den neueingesetzten Verweser der Mark.
Seit dem gleichnamigen Stück	Drama „Die Quitzows" von Ernst von Wildenbruch (1845 bis 1909).
Schirokko	(ital.) schwüler Mittelmeerwind.
Samum	(lat.) heißer Wüstenwind in Afrika.
Écrasez l'infâme	(franz.) vernichtet die Infame. Auspruch gegen die katholische Kirche und den Aberglauben in Brief Friedrich II. gegen Voltaire v. 18. 5.1859. Wurde im „Kulturkampf" häufig zitiert.
Der Erlkönig	Ballade von Goethe, vertont von F. Schubert.
Herr Heinrich saß am Vogelherd	Ballade von Johann Nepomuk Vogl (1802 bis 1866).
Die Glocken von Speyer	Ballade von Max von Oer (1806 bis 1846).

5. Kapitel

Singuhrturm	nach Singuhr; Glockenspiel der Parochialkirche.
die berühmte Stelle von dem Kanadier	Anspielung auf das Gedicht „Der Wilde" von Johann Gottfried Seume (1763 bis 1810), das mit den Versen „Ein Kanadier, der noch Europens / Übertünchte Höflichkeit nicht kannte."
Ruppiner Bilderbogen	Bunte Bilderbogen aus der Kühnschen Druckerei in Neuruppin, im 19. Jahrhundert sehr beliebt.

Corinne aus Capitol	Titel des 2. Buches des Romans „Corinne au l'Italie" von Louise Germaine de Staël-Holstein (1766 bis 1817).
Bonwitt und Litauer	Mondänes Damenmodengeschäft, Hoflieferant.
Madai	Guido von Madai, Polizeipräsident von Berlin.
Wruben	(niederdt.) Kohlrüben.

6. Kapitel

Moderateurlampe	Öllampe mit automatischer Regulierung der Brennstoffzufuhr.
Die sieben Waisen Griechenlands	Anspielung auf die „Sieben Weisen Griechenlands". Zu ihnen gehörten Thales, Bias und Solon.
Das Fähnlein der sieben Aufrechten	Novelle von Gottfried Keller (1819 bis 1890).
die Douglas waren immer treu	Sh. die von Fontane unter dem Titel „Percys Tod" aus dem Englischen übertragende Ballade.
Phrynichos	Der Tragiker Phr.: bedeutendster griech. Tragödiendichter vor Äschylos, Anfang des 5. Jhdt. v. Chr. Der Komödiendichter Phr. war 50 Jahre jünger.
Lustre	(franz.) Glanz.
beim ersten König	König Friedrich I. von Preußen.
General Barfus	Hans Albrecht Graf von Barfus (1635 bis 1704), Generalfeldmarschall.
die Belagerung von Bonn	Bonn war im Pfälzischen Krieg (1688 bis 1697) von den Franzosen besetzt und wurde

	1689 von der deutschen Reichsarmee befreit.
nomen et omen	(lat.) Name und Bedeutung
Bild zu Sais	Sh. Schillers Ballade „Das verschleierte Bild zu Sais".
kategorischer Imperativ	Kants Sittengesetz „Handle so, daß die Maxime deines Willens jederzeit zugleich als Prinzip einer allgemeinen Gesetzgebung gelten könne" aus der „Kritik der praktischen Vernunft", § 7.
Pontaknasen	Rotweinnasen.
Rodegast	Samuel Rodegast (1649 bis 1708), Direktor des Gymnasiums zum Grauen Kloster und Kirchenliederdichter.
hortikulturlich	den Gartenbau betreffend.
den Garten zu Gethsemane	sh. Matthäus-Evangelium, Kap. 26.
Joseph von Arimathia	bestattete den Leichnam Jesu, sh. Matthäus-Evangelium, Kap. 27
Bona fide ... mala fides	(lat.) in gutem Glauben ... schlechter Glaube, Unaufrichtigkeit.
„Und wenn Ihr Euch nur selbst vertraut ..."	Zitat aus Faust I, Vers 2020 f.
Spichern	Am 6. 8. 1870 stürmten die Preußen die Spicherner Höhen.
Premierleutnant	Oberleutnant.
Mr. Punch	Hanswurstfigur des englischen Puppenspiels und Titelfigur des satirischen Wochenblattes „Punch".

Kladderadatsch	1848 von David Kalisch gegründete Satirische Wochenschrift.
Attinghausen	Figur aus Schillers „Wilhelm Tell".
hic Rhodos, hic salta	(lat.) hier ist Rhodos, hier springe. Zitat aus einer Fabel des Äschylos. Gerichtet an einen Großsprecher, der damit geprahlt hatte, bei Rh. einen Riesensprung gemacht zu haben.
Georgia Augusta	Die 1734 gegründete Göttinger Universität.
Renonce	(franz.) Ärgernis, Abneigung.
lupus in fabula	(lat.) der Wolf in der Fabel. Zitat aus der Komödie, „Adelphi" von Terenz (195 bis 159 v. Chr.)

7. Kapitel

dentatus et undulatus	(lat.) gezahnt und gewellt.
le défauts de ses vertus	(franz.) die Kehrseiten ihrer Vorzüge.
comprendre c'est perdonner	(franz.) verstehen heißt verzeihen.
méchant	(franz.) niederträchtig.
Hohenfriedberg oder Leuthen	Die Preußen siegten über die Österreicher in den Schlachten von Hohenfriedberg (1745) und Leuthen (1757).
Rackers, wollt ihr denn ewig leben	Mit diesen Worten versuchte Friedrich II. in der Schlacht bei Kunersdorf (1759) seine fliehenden Soldaten zum Stehen zu bringen.
Banquo steigt auf	Anspielung auf Shakespeares „Macbeth", III, 4.
Schnell fertig...	Zitat aus Schillers „Wallensteins Tod", II, 2.

petit crevé	(franz.) Schwächling
Rumohr	Karl Friedrich Rumohr (1758 bis 1843), Kunsthistoriker und Dichter, verfaßte „Geist der Kochkunst".
Fürst Pückler-Muskau	Offizier, Schriftsteller, Gartengestalter und Feinschmecker (Fürst-Pückler-Eis), (1785 bis 1871).
Muskau und Branitz	Schlösser und Parks des Fürsten Pückler nahe Cottbus.
Semilassos Weltfahrten	Reiseberichte des Fürsten Pückler.
Abbessinierin	Auf einer seiner Reisen kaufte Pückler die Abbessinierin Machhuba als Sklavin.
bon sens	(franz.) gesunder Menschenverstand.
Proverbe	Einaktiges Schauspiel, das die Wahrheit eines Sprichwortes beweisen soll.
jeu d'esprit	(franz.) geistreiches Spiel.
damit sprech ich ein großes Wort gelassen aus	sh. Goethes „Iphigenie", I, 3.
Taucher..., Gang nach dem Eisenhammer	Balladen Schillers.
Gretna Green	Dorf in Schottland, wo junge Paare durch eine kurze Erklärung vor dem Friedensrichter eine rechtsgültige Ehe, ohne Einwilligung der Eltern, eingehen konnten.
Brückner	Benno Bruno Brückner (1824 bis 1905), Generalsuperintendent in Berlin.
Kögel	Rudolf Kögel (1829 bis 1896), Oberhofprediger, Seelsorger Kaiser Wilhelm I.

Da ruhen die Wurzeln deiner Kraft	Zitat aus Schillers „Wilhelm Tell", II, 1.

8. Kapitel

Herrnhut oder Gnadenfrei	Erziehungsanstalten der evangelischen „Brüdergemeinde" in Sachsen und Schlesien.
Eau de Javelle	(franz.) Fleckenwasser.
ist unter König Christian gegraft worden	Christine Munk war Gattin linker Hand Christians IV. von Dänemark (1577 bis 1648).
Syndikatsfamilie	Patrizierfamilie.
Ritter Karl von Eichenhorst... des „Sich-Ruhe-Reitens" ...„Dänenroß voll Kraft und Feuer"	Zitat aus Gottfried August Bürgers (1747 bis 1794) Ballade „Die Entführung, oder Ritter Karl von Eichenhorst und Fräulein Gertrude von Hochburg."
equestrisch	das Reiten betreffend.
Graditzer	Pferd aus Graditz bei Torgau, dem preußischen Hauptgestüt.
Josty	Konditorei am Potsdamer Platz.
Milch der frommen Denkungsart	„In gärend Drachengift hast du Die Milch der frommen Denkungsart mir vergiftet", aus Schillers „Wilhelm Tell", IV, 3.

9. Kapitel

des ehemaligen Bernauer Kriegskorrespondenten	Die Figur des Journalisten Wippchen aus Bernau mit fingierten Berichten aus dem Russisch-Türkischen Krieg (von Julius Stet-

	tenheim in den „Berliner Wespen", einer satirischen Zeitschrift).
Montecuculis Wort über die Kriegsführung	nach dem italienischen Feldherrn M. (1609 bis 1680) sind drei Dinge zum Kriegführen notwendig: „Geld, Geld und nochmals Geld!"
unter Larven die einzig fühlende Brust	Zitat aus Schillers Ballade „Der Taucher".
„Der Wächter an der Wendischen Spree", „Der Starkower Bote"	Von Fontane erfundene Zeitungstitel.
cis,–... transspreeanisch	diesseits,–... jenseits der Spree.
Ich kenne meine Pappenheimer	„Daran erkenn ich meine Pappenheimer"; Zitat aus Schillers „Wallensteins Tod", III, 15.
Nationalzeitung	1848 gegründete politische Tageszeitung der Nationalliberalen Partei, später Freisinnigen Partei.
Malvolio	Haushofmeister in Shakespeares „Was ihr wollt".
Methode hat auch der Wahnsinn	„Ist dies schon Tollheit, hat es doch Methode", Zitat aus Shakespeares „Hamlet", II, 2.
ein guter Mensch und doch ein schlechter Musikant	Zitat aus „Ideen. Das Buch le Grand" von Heinrich Heine, Kap. 13.
Das ist Tells Geschoß	Zitat aus Schillers „Wilhelm Tell", IV, 3.
Genoveva... keusche Susanne	Gestalten der altjüdischen und mittelalterlichen Sage, die sich durch Standhaftigkeit gegenüber Versuchungen auszeichneten.
die heilige Elisabeth	Elisabeth von Ungarn (1207 bis 1231) wurde

	bereits mit vier Jahren mit dem Sohn des Landgrafen von Thüringen verlobt. 1235 heiliggesprochen.
solche Dinge auch bloß gewollt zu haben, ist schon etwas Großes	Anspielung auf einen Vers des römischen Dichters Properz. (Elegien, 3. Buch).
tic douloureux	(franz.) schmerzhaftes Gliederzucken.

10. Kapitel

Genieße fröhlich...	Zitat aus Gellerts Lied: „Zufriedenheit mit seinem Zustande".
Siechen	Bierlokal.
schwerer Wagner	Bierlokal, in dem „schwere" bayrische Biere ausgeschenkt wurden.
Badine	(franz.) Reitgerte.
Ehrenlegion	Am 19. 5. 1802 von Napoleon I. gestifteter Orden.
a tout prix	(franz.) um jeden Preis.
märkische Schule... Beleuchtungskünstler ersten Ranges	Anspielung auf den Maler Walter Leistikow (1865 bis 1908), der märkische Landschaftsbilder schuf.
das sei ferne von mir.	Sh. 2. Buch Samuel 20, 20.
Dank vom Hause Österreich	Zitat aus Schillers „Wallenstein", II, 6.
manquement	(franz.) Unkenntnis.
Nach Frankreich zogen zwei Grenadiere	1. und 4. Vers von Heines Ballade „Die Grenadiere".

Düppel	Preußische Truppen eroberten im Dänischen Krieg am 18. 4. 1864 die Düppeler Schanzen. „Das innere Düppel" wurde durch einen Bericht der „Norddeutschen Allgemeinen Zeitung" vom 30. 9. 1864 geprägt.
Cannossa	Der deutsche König Heinrich IV. (1056 bis 1106) demütigte sich 1077 im Schloßhof zu Canossa vor Papst Gregor VII. und erwirkte damit die Lösung vom Kirchenbann. Bismarck sagte am 14. 5. 1872 vor dem Reichstag: „Nach Canossa gehen wir nicht!"
Ich weiß nicht, was soll es bedeuten?	Anfangsvers von Heines Gedicht „Die Lorelei" aus dem „Buch der Lieder", vertont von Felix Mendelssohn-Bartholdy.
fait accompli	(franz.) vollendete Tatsache.
Wenn nach dir ich oft vergebens	Siebente Strophe von Nicolaus Lenaus (1802 bis 1850) Gedicht „Das Mondlicht" (1831).

11. Kapitel

en vue	(franz.) gegenüber.
Sommerleutnant	Reserveoffizier, der nur im Sommer zu Übungen einberufen wurde.
die Bündel	die Schulhefte.
Nücken	Launen.
Versucher in der Wüste	nach Matthäus 4, 8. soll der Teufel Jesu „alle Reiche der Welt" versprochen haben, um ihn zu seinem Jünger zu machen.
pimperlings	in Strömen.

„Sitte"	Sittenpolizei.
verfieren	erschrecken.
Renz	Ernst August Renz (1815 bis 1892) ließ sich 1846 in Berlin als Zirkusunternehmer nieder.
die Erhartten	Luise Erhartt, geb. 1844, Schauspielerin, heiratete 1868 den Grafen von der Goltz.

12. Kapitel

die Montmorencys... die Lusignans	französische Adelsgeschlechter.
die schöne Melusine	Gestalt der französischen Sage, halb Mensch, halb Fisch. Soll die Familie und das Schloß der Lusignans begründet haben.
Philippika	Droh- oder Scheltrede, so genannt nach den Reden des Demosthenes gegen Philipp von Mazedonien.

13. Kapitel

Eierhäuschen	Beliebtes Ausflugslokal an der Spree.
Kesselstelle	eingesessene Stelle.
Junker generis femini	(lat.) weiblicher Junker.
Pfund vergraben... Licht... unter den Scheffel stellen	Zitate aus Matthäus 25, 18 und 5, 15.
Impietät	Pietätlosigkeit.
Staffeln	Ziele.

14. Kapitel

las Goethe (was, ist nicht nötig zu verraten)	Die Anspielung kann sich sowohl auf die Lektüre von Goethes „Die Leiden des jungen Werther" als auch „Hermann und Dorothea" beziehen, wo die Mutter die Entscheidung des reichen Sohnes für das arme Mädchen gutheißt (4. und 5. Gesang).
...was Pythisches	Die Priesterin Pythia im Apollotempel zu Delphi verkündete Orakel, die durch Dunkelheit und Zweideutigkeit gekennzeichnet waren.
Observanz	Herkunft.
Sèvres	Pariser Vorort mit berühmter Porzellanmanufaktur.
Corneliussaal	Der Historienmaler Peter Cornelius (1783 bis 1867) entwarf im Auftrag König Friedrich Wilhelms IV. Gemälde für eine Friedhofshalle der königlichen Familie, die nie ausgeführt wurden. Die Kartons wurden im „Corneliussaal" der Berliner Nationalgalerie ausgestellt.
Predelle	Sockelgemälde in Cornelius' Altarbild vom Weltgericht für die Ludwigskirche in München.
die alte Geschichte vom guten Geschmack	bezieht sich auf das lateinische Sprichwort: „De gustibus non est disputandum". (Über Geschmack soll man nicht streiten).
Thomas Souchon	Berliner Prediger.

15. Kapitel

Codex argenteus	(lat.) silbernes Buch, Bibelübersetzung des

	westgotischen Bischofs Ulfilas (4. Jahrhundert) in der Universitätsbibliothek zu Uppsala.
Heliand	Altsächsisches Epos über das Leben Christi (um 830).
Beowulf	Altenglisches Heldenepos (Anfang des 8. Jahrhunderts).
née	(franz.) geborene.
Geschichte von Heyse	Die Novelle „Unvergeßbare Worte" (1883) von Paul Heyse.

16. Kapitel

daß...Vernunft wieder an zu sprechen fange	Sh. Faust, 1198 f.
weil wir des Ruhmes mangeln	Sh. Brief des Paulus an die Römer, 3,23.
Werde, der du bist	Pindar-Zitat aus der Zweiten Pythischen Ode (Vers 72)
ein „Schritt vom Wege"	Anspielung auf Komödie von Ernst Wichert (1831 bis 1902), die in „Effi Briest" eine symbolische Bedeutung besitzt.
Das Kammergericht... war immer literarisch	Ernst Wichert, E.T.A. Hoffmann und das „Tunnel"-Mitglied Traugott Wilhelm von Merckel waren Räte am Berliner Kammergericht.
Summus episcopus	(lat.) oberster Bischof, in den evangelischen Ländern ehemals Titel des Landesherrn.
Stoecker	Adolf Stoecker (1835 bis 1909), Hofprediger und Parteigründer (Christlich-soziale Partei,

	die ein Gegengewicht gegen Sozialdemokratie bilden sollte).
Echec	(franz.) Niederlage, Schlappe.
in pontificalibus	(lat.) im geistlichen Ornat.
wie den Goetheschen Sänger	In der Ballade „Der Sänger" weist dieser eine goldene Kette zurück und erhält als Lohn den „besten Becher Weins".
bis an das Grab der Julia	Verona ist Schauplatz der Handlung in Shakespeares „Romeo und Julia".
Messenien	Südgriechische Landschaft.
Taygetos	Gebirge in Südgriechenland, zwischen Messenien und Sparta.
Aristomenes	König der Messenier im Zweiten Messenischen Krieg (685 bis 668 v. Chr.) gegen Sparta.
Carpe diem	(lat.) nütze den Tag, Zitat aus Oden des Horaz.
Mehr Licht...	angeblich letzte Worte Goethes vor dem Tode.
pecus	(lat.) Vieh.

Hinweise zur Interpretation

Der Konflikt spielt sich zwischen Vertretern zweier Schichten des Bürgertums ab: dem Bildungsbürgertum und dem Besitzbürgertum. Dem erstgenannten Begriff haften im Bewußtsein der Gesellschaft keine negativen Wertvorstellungen an, während man dem „Besitzbürger" mit erheblicher Voreingenommenheit begegnet. Im Kapitel „Fontane und das Bürgertum" wurde dargestellt, welche negativen Eigenschaften sich für Fontane mit dem Typ des habsüchtigen, protzsüchtigen „Bourgeois" verbanden.

Fontanes Verachtung für das Besitzbürgertum findet ihren schärfsten poetischen Ausdruck in der Gestaltung der Figur der neureichen Jenny Treibel und ihrer falschen, kitschigen Sentimentalität. Vom Ladenmädchen zur Kommerzienrätin avanciert, wird ihr Gefühlsleben in einem Drang „nach dem Höheren", nach dem „Poetischen" beherrscht. Ausdruck dieses Strebens ist das Lied, das sie ständig singt, (Kap. 4 und 16), und in dem die Begriffe „Glück", „Gold", „Rosen", „Blumen", „Zier", „Waldesrauschen", „Kuß", „Haar", „Wind", „Herz" als unentbehrliche Versatzstücke aus dem Begriffsvokabular der deutschen Romantik dicht auf dicht einander folgen und durch ihre Häufung die Sängerin karikieren und demaskieren. Obwohl die Treibel unablässig betont, „auf Wissen und Klugheit und überhaupt das Höhere" käme es an, offenbaren sich, wenn es gilt, die noblen Grundsätze in die Tat umzusetzen, ihre eigentlichen Sehnsüchte: Besitz, Ansehen und Macht über andere Menschen.

Dieser Gegensatz zwischen Wort und Tat, Anspruch und Wirklichkeit, Schein und Sein durchzieht den ganzen Roman; er ist nicht nur Ausdruck von Fontanes Verachtung einer bestimmten Gesinnung, sondern eine scharfe Kritik am Geist einer ganzen Epoche.

Das Jahr 1871 bewirkte einen grundlegenden Umschwung im Bewußtsein des deutschen Bürgertums. Die Kleinstaaterei, eine Folge des dreißigjährigen Krieges mit Dauerwirkung, und der Absolutismus

hatten bislang verhindert, daß die Bäume des Bürgertums in den Himmel wuchsen. Der Sieg im Deutsch-Französischen Krieg, die „Gründerjahre" und ein beispielloser wirtschaftlicher Aufschwung ließen das Selbstwertgefühl des deutschen Großbürgertums nachhaltig überschnappen. „Man war endlich wer" und wollte das nicht nur beweisen, sondern auch zeigen. Das Vorzeigen, notfalls auch Vortäuschen, das auftrumpfende Protzen mit Geld und Besitz, wurde zur gängigen Attitüde. Mit dem ständig wachsenden Einfluß des Großbürgertums in Staat und Gesellschaft prägte diese Haltung auch das Auftreten der Repräsentanten des jungen Kaiserreiches in der internationalen Politik.
Wie das Bürgertum sich auch in Lebenskreise hineindrängte, die bisher dem Adel vorbehalten waren, zeigen die politischen Aktivitäten des im großen und ganzen nicht unsympathisch gezeichneten Kommerzienrates Treibel. Nicht aus politischer Überzeugung, sondern weil er sich davon Orden und gesellschaftliches Ansehen verspricht, kandidiert er bei Wahlen für die konservative Partei.
Die Kontrastfiguren zu den Treibels sind Willibald und Corinna Schmidt. Frau Treibel kommt nicht daran vorbei, ihre geistige Überlegenheit anzuerkennen, dennoch sieht sie die Tochter des Gymnasialprofessors nicht als ebenbürtig an; Geld steht in ihrer Wertskala höher als Bildung und Geist.
Willibald Schmidt begegnet diesem „Musterstück von einer Bourgeoise" mit Verständnis und Noblesse. Kein Zweifel, daß diese Figur zu den Selbstporträts zählt, die Fontane in seinen Romanen zeichnete; Dubslaw von Stechlin zum Beipiel oder der alte Briest. Die eigentliche Kontrahentin der Jenny Treibel, die Professorentochter Corinna Schmidt, wuchs in bescheidenen materiellen Verhältnissen auf. Sie läßt sich jedoch vom Reichtum der Treibels, dessen Annehmlichkeiten sie durchaus zu schätzen weiß, nicht überwältigen. In der entscheidenden Auseinandersetzung (13. Kapitel) beweist sie intellektuellen Mut und sittliche Überlegenheit; sie legt auch eine stolze Haltung an den Tag: „Denn wer sind die Treibels? Berliner-Blau-Fabrikanten mit einem Ratstitel, und ich, ich bin eine Schmidt."

Eine besondere satirische Leistung ist die Figur des pensionierten Leutnants Vogelsang, des „Warnungsschattens vor den Prinzipien, die das Unglück haben, von ihm vertreten zu werden." Diese Don-Quichote-Gestalt mit dem unbändigen Haß auf die Aristokratie ist der Typ des überspannten politischen Fanatikers, der in turbulenteren Zeiten eine verhängnisvolle Rolle hätte spielen können, in der spätbiedermeierlichen Atmosphäre eines märkischen Landkreises sich jedoch totlief.

Fontane erweist sich auch in diesem Roman als ein Meister der Gestaltung köstlich-witziger und interessanter Dialoge. Er selbst war ein passionierter Causeur und Plauderer. Die Lust am heiteren Schwadronieren verspüren alle Vaterfiguren in Fontanes Romanen, ihr erliegt sogar der Kommerzienrat Treibel.

Die Dialoge bilden die tragenden Struktur- und Stilelemente des Romans. Der Dialog hat im Roman eine doppelte Funktion: als Träger des Geschehens und als Spiegel, der das Geschehen reflektiert.

Fontanes Roman „Frau Jenny Treibel" ist ein Abbild des gesellschaftlichen Lebens seiner Epoche. Seine Wirkung bezieht er auch aus der Zurückhaltung, mit der der Schriftsteller jede theoretisierende oder moralisierende Tendenz und alle grellen Effekte mied.

Quellen

1) Nymphenburger Ausgabe, Bd. 15, S. 14
2) ebenda, S. 557
3) an Georg Friedländer, 8. 7. 1895
4) an denselben, 25. 10. 1897
5) Peter Demetz, Formen des Realismus, S. 97
6) Helmut Nürnberger, Theodor Fontane in Selbstzeugnissen und Bilddokumenten, S. 131
7) ebenda, S. 134
8) Rost, Örtlichkeit und Schauplatz in Fontanes Werken, 1931
9) Hans, H. Reuter, Anmerkungen zu Fontanes Werken, Bd. 3, Bln. 1973, S. 385

Literaturverzeichnis

1. Werke und Briefe Fontanes

Theodor Fontane: Sämtliche Werke. Hg. von Edgar Groß, Kurt Schreinert, Rainer Bachmann, Charlotte Jolles, Jutta Neuendorff-Fürstenau. München 1959 ff. (=Nmphenburger Ausgabe).

Theodor Fontane: Schriften zur Literatur. Hg. von Hans-Heinrich Reuter. Berlin 1960.

Briefe Theodor Fontanes. Zweite Sammlung. Hg. von Otto Pniower und Paul Schlenther. 2 Bde. Berlin 1910.

Theodor Fontanes Briefwechsel mit Wilhelm Wolfsohn. Hg. von Wilhelm Wolters. Berlin 1910.

Theodor Fontane. Briefe an Georg Friedländer. Hg. und erläutert von Kurt Schreinert. Heidelberg 1954.

2. Wichtige Fontane-Literatur

Altwood, Kameth: Fontane und das Preußentum. Berlin 1970.

Ellinger, Edeltraud: Das Bild der bürgerlichen Gesellschaft bei Theodor Fontane. Würzburg 1970.

Jolles, Charlotte: Fontane und die Politik. Ein Beitrag zur Wesensbestimmung Theodor Fontanes. Bernburg 1936.
Josses, Charlotte: Theodor Fontane. Stuttgart 1972 (=Sammlung Metzler 114).

Lucás, Georg: Der alte Fontane. In: G.L.: Deutsche Realisten des 19. Jahrhunderts. Berlin 1952, S. 262/307

Mann, Thomas: Der alte Fontane. Gesammelte Werke. Bd. IX. Frankfurt 1960, S. 9/34.

Martini, Fritz: Deutsche Literatur im bürgerlichen Realismus 1848–1898 Stuttgart 1962.[3]1974, S. 737/800 (= Epochen d. dt. Lit,. 5,2).

Mommsen, Katharina: Theodor Fontanes „Freies Darüberstehen". In: Dichter und Leser. Studien zur Literatur. Hg. von Ferdinand van Ingen (u.a.). Groningen 1972, S. 89/93.

Mommsen, Katharina: Gesellschaftskritik bei Fontane und Thomas Mann. Heidelberg 1973.

Preisendanz, Wolfgang: Humor als dichterische Einbildungskraft. Studien zur Erzählkunst des poetischen Realismus. München 1963, S. 214/70.

Reuter, Hans-Heinrich: Fontanes Realismus. In: Fontanes Realismus. Wissenschaftliche Konferenz zum 150. Geburtstag Theodor Fontanes in Potsdam. Berlin 1972, S. 25/64.

Reuter, Hans-Heinrich: Fontane 2 Bde. Berlin 1968.

Rost, Wolfgang E.: Örtlichkeit und Schauplatz in Fontanes Werken. Berlin und Leipzig 1931.

Schillemeit, Jost: Theodor Fontane. Geist und Kunst seines Alterswerkes. Zürich 1961.

Chemie

Th. Bokorny

Chemie Gerüst

Wegweiser und Ratgeber für Schüler und Abiturienten.
13. überarbeitete Auflage
128 Seiten

Bestell-Nr. 0674-2

Dieses kurze in Tabellenform abgefaßte Vademecum der Chemie soll kein Lehrbuch oder Lexikon sein, sondern die großen Linien und wissenswerten Teile der modernen Chemie übersichtlich klar und einprägsam veranschaulichen und in Erinnerung bringen.

Thomas Neubert

Chemische Formelsammlung 9.-10. Klasse

36 Seiten

Bestell.-Nr. 0685-8

Hier wurden die wesentlichen Formeln mit Ihren Anwendungsmöglichkeiten aufgezeichnet. Für den Schulunterricht und für häusliches Arbeiten ein wichtiges Hilfsmittel – echte Lernhilfe!

Deutsch

Christian Floto

Basisinterpretationen für den Literatur- und Deutschunterricht I

-Ausgewählte Stücke und Prosa von Shakespeare bis Ionesco-

96 Seiten 2. Auflage

Bestell-Nr. 0589-4
Nach einer kurzen Skizzierung der Literaturepoche werden anhand häufig gelesener Stücke Basisinterpretationen gegeben. Alle Beispiele entstanden im Unterricht der Sekundarstufen.
Folgende Stücke werden u.a. behandelt:
Shakespeare, Hamlet - Lessing, Nathan - Schiller, Wallenstein - Goethe, Iphigenie - Kleist, Marquise von O/Die Verlobung ... - Fontane, Effi Briest - Dostojewski, Der Spieler - Hauptmann, Rose Bernd -Mann, Tonio Kröger - Döblin, Berlin Alexanderplatz - Kafka, Der Prozeß - Brecht, Sezuan - Kipphardt, Oppenheimer - Frisch, Homo Faber - Frisch, Biedermann u. Br. - Ionesco, Die Stühle.

Christian Floto

Basisinterpretationen für den Literatur- und Deutschunterricht II

-Ausgewählte Stücke und Prosa "moderner" Autoren in der ersten Hälfte des 19. Jahrh.

108 Seiten

Bestell-Nr. 0593-2

Literaturgeschichtlicher Abriß, Biographische Stationen, Aufbauprinzipien von Novelle und Drama; problemorientierte Bezüge zur modernen sozialpsychologischen Lebenssituation. Folgende Stücke werden u.a. behandelt:
Büchner, Woyzeck - Grabbe, Scherz, Satire, Ironie ...: Kleist, Der zerbrochene Krug/Prinz von Homburg/ Michael Kohlhaas/Erdbeben in Chili.

Bernd Matzkowski

Basisinterpretationen für den Literatur- und Deutschunterricht III

Untersuchungen und didaktische Hinweise zum Volksbuch Till Eulenspiegel.

Hinweise auf den Schelmenroman.

80 Seiten

Bestell-Nr. 0598-3

Sachanalyse - Ausgewählte Historien - Motivquerverbindungen zu Schelmenromanen des 16. und 17. Jahrhunderts - Vorschläge für die Behandlung im Unterricht u.a.

Bernd Matzkowski/Ernst Sott

Basisinterpretationen für den Literatur- und Deutschunterricht IV

36 moderne deutsche Kurzgeschichten mit Arbeitsfragen.

112 Seiten

Bestell-Nr. 0599-1

Interpretation der Kurzgeschichten **mit Arbeitsfragen** zu
ARBEITSTEXTE FÜR DEN UNTERRICHT (Reclam)
Deutsche Kurzgeschichten 11.-13. Schuljahr
und
Pratz/Tiel:
NEUE DEUTSCHE KURZGESCHICHTEN
(Diesterweg)

Karin Cohrs/Martin H. Ludwig

Basisinterpretationen für den Literatur- und Deutschunterricht V

Romane und Novellen des 19. Jahrh.

120 Seiten

Bestell-Nr. 0631-9

Aus dem Inhalt:
Einleitung, Politik und Kultur des 19. Jahrhunderts - Interpretationen ausgewählter Romane und Novellen.

Kurzbiographie des Dichters - Entstehung des Werkes - Inhalt - Charaktere - Situationen - Erschließung des Textes (stilistische Besonderheiten, literaturhistorischer Rahmen, gesellschaftliche und politische Bezüge usw.). Arbeitsfragen.
Hoffmann, Das Fräulein von Scuderi - Kleist, Das Erdbeben in Chili - Mörike, Maler Nolten - Gotthelf, Wie Uli der Knecht glücklich wird - Storm, Immensee - Droste-Hülshoff, Die Judenbuche - Raabe, die Akten des Vogelgesangs - Fontane, Der Stechlin - Eichendorff, Aus dem Leben eines Taugenichts - Keller, Die drei gerechten Kammacher - Storm, Hans und Heinz Kirch - Raabe, Die schwarze Galeere - Fontane, Schach von Wuthenow - Hauptmann, Bahnwärter Thiel

Rüdiger Giese/Christian Floto

Basisinterpretationen für den Literatur- und Deutschunterricht VI

Romane und Novellen

aus dem 20.Jahrhundert

112 Seiten

Bestell-Nr. 0473-1

Schnitzler, Leutnant Gustl - Mann, Tod in Venedig - Kafka, Die Verwandlung - Hesse, Der Steppenwolf - Kästner, Fabian - Mann, Mephisto - Zweig, Schachnovelle - Böll, Haus ohne Hüter - Wolf, Der geteilte Himmel - Kempowski, Tadellöser und Wolff

Bausteine - Deutsch

stellt detailierte Unterrichtsstunden zur Behandlung unterschiedlichster Texte für die Sekundarstufen I und II vor.

Anordnung der Stunden als Sequenzen - Texte und Textanalysen - Didaktisch-methodische Arbeitshinweise - praktisch zu handhaben.

Angesprochen sind Lehrer und Lehramtsanwärter aller Schulformen.

Autoren sind: Praktiker - Ausbilder - Fachwissenschaftler aus allen Schulformen.

Bausteine Lyrik I

Spiel mit Sprache/Lyrischer Humor/Konkrete Poesie

Bestell-Nr. 0650-5

Bausteine Lyrik II

Balladen/Modernes Erzählgedicht/Chanson/Politische Lyrik/Thema- und Motivverwandschaft.
Bestell-Nr. 0651-3

Gerhart Hauptmann: Die Weber
Bestell-Nr. 0652-1

Max Frisch: Homo Faber
Bestell-Nr. 0653-X

Theodor Storm: Pole Poppenspäler
Bestell-Nr. 0654-8

Albert Camus: Die Pest
Bestell-Nr. 0655-6

George Orwell: 1984/Animal Farm
Bestell-Nr. 0656-4

Thomas Mann: Tonio Kröger
Bestell-Nr. 0657-2

Goethe-Plenzdorf: Werther
Bestell-Nr. 0658-0

Theodor Storm: Schimmelreiter
Bestell-Nr. 0659-9

Gotth. E. Lessing: Nathan der Weise
Bestell-Nr. 0660-2

Fr. Dürrenmatt:
Der Richter und sein Henker
Bestell-Nr. 0661-0

Joh. W. von Goethe: Faust I/II
Bestell-Nr. 0662-9

Jos. v. Eichendorff: Taugenichts
Bestell-Nr. 0663-7

Hermann Hesse: Der Steppenwolf
Bestell-Nr. 0664-5

Franz Kafka: Kurze Prosaformen
Bestell-Nr. 0665-3

Joh. Wolfg. von Goethe:
Iphigenie auf Tauris
Bestell-Nr. 0666-1

Bert Brecht: Leben des Galilei
Bestell-Nr. 0667-X

Annette von Droste-Hülshoff:
Die Judenbuche
Bestell.-Nr. 0668-8

Dichtung in Theorie und Praxis

Texte für den Unterricht

Mit dieser Serie von Einzelheften legt der BANGE-VERLAG Längs- und Querschnitte durch Dichtungs-(Literatur) Gattungen für die Sekundarstufen vor.
Jeder Band ist - wie der Reihentitel bereits aussagt - in die Teile Theorie und Praxis gegliedert; darüber hinaus werden jeweils zahlreiche Texte geboten, die den Gliederungsstellen zugeordnet sind. Ein Teil Arbeitsanweisungen schließt sich an, der entweder Leitfragen für die einzelnen Abschnitte oder übergeordnete oder beides bringt.
Wir hoffen bei der Auswahl der Texte eine „ausgewogene Linie" eingehalten und die Bände für die Benutzer wirklich brauchbar gestaltet zu haben.

Bestell-Nr.

450 Die Lyrik	**DM 7,80**
451 Die Ballade	**DM 8,80**
452 Das Drama	**DM 8,80**
453 Kriminalliteratur	**DM 7,80**
454 Die Novelle	**DM 7,80**
455 Der Roman	**DM 8,80**
456 Kurzprosa (Kurzgeschichte, Kalendergeschichte/Skizze/Anekdote)	**DM 7,80**
457 Die Fabel	**DM 7,80**
458 Der Gebrauchstext	**DM 7,80**
459 Das Hörspiel	**DM 7,80**
460 Trivialliteratur	**DM 7,80**
461 Die Parabel	**DM 7,80**
462 Die politische Rede	**DM 5,80**
463 Deutsche Lustspiele und Komödien	**DM 8,80**

Weitere Bände in Vorbereitung

Egon Ecker

Wie interpretiere ich Novellen und Romane?

Methoden und Beispiele

180 Seiten - 2. Auflage

Bestell-Nr. 0686-6

Notizen zur Betrachtung eines dichterischen Textes - zur Technik der Interpretation.

Beispiele:
Keller, Drei gerechte Kammacher

Novellen:
Büchner, Lenz - Storm, Schimmelreiter - Andres, Die Vermummten

Romane:
Mann, Königl. Hoheit - Frisch, Homo Faber - Andres, Knabe im Brunnen - Andersch, Sansibar.
Zur Theorie der Novelle - Zur Theorie des Romans - Gliederungsvorschläge - Themenvorschläge - Literaturverzeichnis

Egon Ecker

Rechtschreibung und Diktate

3./4. Jahrgangsstufe

2. Auflage, 112 Seiten

Bestell-Nr. 0579-7

Als Band für die Vorbereitung des Übertritts in andere Schularten gibt der Autor ein Hilfsmittel zur richtigen Schreibweise und Anwendung der deutschen Sprache.

Inhalt: Groß- und Kleinschreibung - Gleich und ähnlichklingende Laute - Dehnung - Schärfung - Silbentrennung - Sprachlehre - Satzmodelle - Diktatstoffe - Lösungen u.v.a.

Epochen deutscher Literatur

Kurzgefaßte Abhandlung für den Deutschunterricht an weiterführenden Schulen.

Bestell.-Nr. 0480
Die deutsche Romantik I
Frühromantik

Bestell.-Nr. 0481
Realismus des 19. u. 20. Jahrhunderts

Bestell.-Nr. 0482
Impressionismus und Expressionismus

Bestell.-Nr. 0483
Sturm und Drang

Bestell.-Nr. 0484
Die deutsche Romantik II
Spätromantik

Bestell.-Nr. 0485
Die Deutsche Klassik

Bestell.-Nr. 0486
Von der Aufklärung zum Sturm und Drang
Literaturgeschichtliche Querschnitte

Bestell.-Nr. 0487
Deutsche Dichtung des Barock

Gerd Eversberg

Wie verfasse ich ein Referat?

Hinweise für die Informationsbeschaffung und -verarbeitung für den Literaturunterricht.

116 Seiten

Bestell.-Nr. 0582-7

Dieser Band soll den Schülern transparentes Arbeiten lehren. Das Themenbeispiel orientiert sich an der Schulpraxis und wurde auch erfolgreich erprobt.

Inhalt: Bibliographieren – Zitieren Materialsammlungen – Bibliotheksbenutzung – Entleihen – Fernleihverkehr – Verlagskataloge und Buchhandlung – Manuskriptgestaltung – Referieren – Diskutieren.

Textanalyse 1 Umgang mit fiktionalen (literarischen) Texten

152 Seiten

Bestell-Nr. 0641-6

Aus dem Inhalt:
I. Der Begriff des fiktionalen Textes: Das "Ästhetische" der Literatur - Betrachtungsweisen von Literatur - Literarische Wertung.

II. Probleme der Interpretation: Der Prozeß des "Verstehens" - Methoden der Literaturinterpretation - Arbeitstechniken (Textwiedergabe / Texterarbeitung / Texterörterung).

III. Beispiele für Interpretationen: Epische Texte - Dramatische Texte - Gedichte.
IV. Massenliteratur.

Textanalyse 2 Umgang mit nichtfiktionalen (Gebrauchs-)Texten

144 Seiten

Bestell-Nr. 0642-4

Aus dem Inhalt:
I. Der Textbegriff.
II. Eine Typologie von Gebrauchstexten.
III. Bedingungen der Textanalyse.
IV. Methoden der Textanalyse: Textwiedergabe - Text beschreibung - Texterörterung.
V. Beispiele für Textanalysen: Darstellende Texte (Sachtexte/Wissenschaftliche Texte) - Werbende Texte (Werbetexte/Politische Reden) - Gesetzestexte.

Gebrauchstextanalysen

-Methoden und Beispiele-

2. Auflage, 80 Seiten

Bestell-Nr. 0588-6

Herausgegeben von einem Arbeitskreis der Pädagogischen Akademie Zams.

Aus dem Inhalt:
I. Warum Textuntersuchung? Begriffserklärungen
II. Textanalyse - Textkritik
Vorgestellt werden nur drei Möglichkeiten einer Analyse:
a) Kommunikationstheoretischer Aspekt
b) stilistischer Aspekt
c) soziologischer Aspekt
III. Gebrauchstexte verschiedener Art, die auf o.a. Aspekte hin untersucht, bzw. kritisiert wurden.

Ordnung der Texte nach Themenkreisen:
Werbetexte - Ferienprospekte - Kinoprogramme - Diverse Jugendzeitschriften (Bravo u.a.) - Illustrierte und Frauenzeitschriften (Frau im Spiegel u.a.) - Schullesebücher: Politische Beiträge/Kulturelle Beiträge - Literarische Texte.

Robert Hippe

Mündliche und schriftliche Kommunikation

2. Aufl., 104 Seiten

Bestell-Nr. 0563-0

Sprache - Sprache und Verständigung
Grundbegriffe der Kommunikation - Die drei Dimensionen des Zeichens - Verschiedene Arten von Zeichen - Sprache und Norm
Die Rede - Formen der Rede - Rhetorische Figuren - Analyse vorgegebener Reden - Redeanleitungen, - analysen und - sammlungen - Der Weg zur eigenen Rede - Exkurs 1: Kodierungsebenen - Exkurs 2: Die Sprache der Werbung als appellative Rede
Das Referat - Verfahrensschritte - Beurteilungskriterien - Geeignete Stoffe zur Auswahl
Die Diskussion - Analyse einer vorgegebenen Diskussion - Hinweise auf Vorbereitung, Durchführung und Zielsetzung einer Diskussion - Der Diskussionsbeitrag im sogenannten "Fünfsatz" - Die Debatte - Bericht(erstattung), Kolloquium, Vorlesung
Das Protokoll - Die Arten des Protokolls - Kriterien für die Beurteilung von Stundenprotokollen - Analyse von Protokollen
Die Inhaltsangabe - Merksätze zur Abfassung - Verfahrensschritte - Analyse von Inhaltsangaben - Geeignete Stoffe zur Auswahl
Die Erörterung - Merksätze zur Abfassung - Analyse von Erörterungen - Geeignete Stoffe zur Auswahl.

Robert Hippe

Textanalysen

mit Aufgaben und Übungen
3. Aufl., 120 Seiten

Bestell-Nr. 0586-X

Einleitung: Über Text, Textbeschreibung und Textanalyse
I.Fiktionale (literarische) Texte
Lyrik
(Barock, Sturm und Drang, Klassik, Romantik, Realismus, Expressionismus, Hofmannsthal und Rilke, Lyrik nach 1945, Motivgleiche Gedichte). Jeweils an Beispielen erklärt.
Epik
(Roman, Novelle, Märchen, Fabel, Kurzgeschichte, Sonderform des Essays)
Dramatik
II . Unterhaltungs- und Trivialliteratur
III. Nicht fiktionale (nicht literarische) Texte
Werbetexte - Gesetzestexte - Kochrezepte - Redetext (rhetorischer Text)

Robert Hippe

Umgang mit Literatur

2. Auflage, 116 Seiten

Bestell-Nr. 0564-9

Definition von Literatur - Grundformen von Literatur - Merkmale der Lyrik - Merkmale der Epik - Merkmale der Dramatik - Formprobleme der Literatur - Aufbauprobleme in der Literatur - Arten der Interpretation - Was ist Interpretation - Literatur und Wirklichkeit u.v.a.

Robert Hippe

Kurzgefaßte deutsche Grammatik und Zeichensetzung

9. Auflage, 72 Seiten

Bestell-Nr. 0515-0

Ein Abriß der deutschen Grammatik systematisch und fundamental dargeboten; beginnend mit den Wortarten, Betrachtung der Satzteile und Nebensätze bis zu den Satzzeichen, Beispiele durchsetzen das Ganze und Lösungen sollen Fehler auffinden helfen. Ein nützliches in Tausenden von Exemplaren bewährtes Übungs- und Nachhilfebuch.

Robert Hippe

Sprach- und Textbetrachtungen

132 Seiten

Bestell-Nr. 0569-X

Sprachbetrachtungen

Historisch - Theorien über die Entstehung der Sprache(n) - Die indogermanische (idg.) Sprachfamilie - Die geschichtliche Entwicklung des Hochdeutschen - Lehn- und Fremdwörter - Sprachrätsel und Sprachspiele - Auswahl-Bibliographie.
Systematisch - Grammatik - die traditionelle Grammatik - Die generative Transformationsgrammatik - Die strukturelle Grammatik.

Textbetrachtung

Allgemeines - Definition von Text - Textsorten - Beispiele - Übungen - Auflösung der Rätsel.

Robert Hippe

Interpretationen zu 62 ausgewählten motivgleichen Gedichten

mit vollständigen Gedichtstexten
6. Auflage, 120 Seiten

Bestell-Nr. 0587-7

Der Verfasser hat die wiedergegebenen Interpretationen und Auslegungen in langen Gesprächen und Diskussionen mit Oberprimanern erarbeitet. Die hier angebotenen Deutungsversuche erheben keinen Anspruch auf die einzig möglichen oder richtigen, sondern sollen Ausgangspunkte für Weiterentwicklungen und Erarbeitungen sein.
Aus dem Inhalt: Themen wie Frühling - Herbst - Abend und Nacht - Brunnen - Liebe - Tod - Dichtung u.v.a.

Robert Hippe

Interpretationen zu 50 modernen Gedichten

mit vollständigen Gedichtstexten
4. Auflage, 136 Seiten

Bestell-Nr. 0597-5

Der vorliegende Band verspricht Interpretationshilfe und Deutungsversuche - in unterschiedlicher Dichte und Ausführlichkeit - für 50 moderne Gedichte. Materialien und Auswahlbibliographie geben den Interessenten Hilfen für den Deutsch- und Literaturunterricht. Für den Lehrer eine echte Bereicherung zur Vorbereitung des Unterrichts.

Aus dem Inhalt: Lasker-Schüler - Hesse - Carossa - Benn - Britting - Brecht - Eich - Kaschnitz - Huchel - Kästner - Bachmann - Piontek - Celan - Härtling - Reinig - Grass - Enzensberger u.v.a.

Robert Hippe

Kurzgefaßte deutsche Rechtschreiblehre

64 Seiten

Bestell-Nr. 0519-3

Anleitungen - Ausarbeitungen - Gliederungen - Themenvorschläge u.v.a.
jeweils mit Lösungsschlüssel

A. Unterstufe
Erlebnisschilderung oder -erzählung
Vorgangsschilderung oder -erzählung
Die Nacherzählung, die Erklärung oder Arbeitsanweisung, Vorgangsbericht oder Beschreibung, Inhaltsangabe

B. Mittelstufe
Die Schilderung, Stimmungsbild, Charakteristik, Bericht und Inhaltsangabe, sachliches Schreiben, Facharbeit, Erörterung u.a.

Interpretationen motivgleicher Gedichte in Themengruppen

mit vollständigen Gedichtstexten

Band 1:
Edgar Neis

Der Mond in der deutschen Lyrik

80 Seiten

Bestell-Nr. 0620-3

Arp - Bischoff - Borchert - Boretto - Britting - Brokkes - Bürger - Claudius - Däubler - Droste-Hülshoff - Geibel - Gleim - Goethe - Härtling - Heine - Holz - Klopstock - Krähenbühl - Krolow - Lange - Lehmann - Leonhard - Lichtenstein - zur Linde - Maurer - Morgenstern - Rasche - Rühmkorf - v. Stollberg - Trakl - v.d. Vring - Werfel - Wiens.

Band 2:
Edgar Neis

Politische-soziale Zeitgedichte

2. Auflage, 112 Seiten

Bestell-Nr. 0621-1

Bachmann - Biermann - Brecht - Bürger - Celan - Dehmel - Domin - Enzensberger - Le Fort - Freiligrath - Gryphius - Hädecke - Hagelstange - Heine - Herwegh - Keller - Kerr - Logau - Marti - Platen - Sabias - Salis - Schenkendorf - Schiller - Schreiber - Schubart - Tucholsky - W.v.d. Vogelweide - Weitbrecht - Wildenbruch.

Band 3:
Edgar Neis

Der Krieg im deutschen Gedicht

2. Auflage, 112 Seiten

Bestell-Nr. 0622-X

Bender - Benn - Biermann - Binding - Brambach - Brecht - Claudius - Dehmel - Eich - Flex - Le Fort - Fried - Gleim - Goethe - Hakel - Heise - Heym - Hölderlin - Höllerer - Huchel - Jahn - Jean Paul - Kaschnitz - Kästner - Körner - Leib - Lersch - Leonhard - Liliencron - Logau - Menzel - Mosen- Mühsam - Münchhausen - Neumann - Nick - W. Paul - Sachs - Schiller - Schnurre - Schuhmann - Stramm - Toller - Toussel - Trakl - Tumler - Vogel - Wiechert.

Band 4:
Robert Hippe

Die Liebe im deutschen Gedicht

2. Auflage, 80 Seiten

Bestell-Nr. 0623-8

Benn - Brecht - Eichendorff - George - Gleim - Goethe - Günther - Hesse - Hofmannsthal - Jacobi - Kästner - Krolow - Lasker-Schüler - Lenau - Liliencron - C.F. Meyer - H.v. Mohrungen - Mörike - Münchhausen - Opitz - Reinig - Rilke - Storm - Stramm - W.v.d. Vogelweide - Weckherlin.

Band 5:
Robert Hippe

Der Tod im deutschen Gedicht

2. Auflage, 80 Seiten

Bestell-Nr. 0624-6

Bächler - Benn - Brecht - Celan - Claudius - Droste-Hülshoff - Eich - Goethe - Gryphius - Hesse - Heym - Hofmannsthal - Hofmannswaldau - Höllerer - Kaltneker - Keller - Klopstock - C.F. Meyer - Mörike - Nick - Nietzsche - Novalis - Rilke - Schiller - Storm - Stramm - Trakl - Uhland.

Band 6:
Robert Hippe

Die Jahreszeiten im deutschen Gedicht

2. Auflage, 80 Seiten

Bestell-Nr. 0625-4

Benn - Britting - Claudius - George - Gerhardt - Goes - Goethe - Hagedorn - Heine - Hebbel - Hesse - Hofmannsthal - Hölderlin - Hölty - Huchel - Lenau - Logau - C.F. Meyer - Mörike - Rilke - Stadler - Storm - Trakl - Uhland - W.v.d. Vogelweide.

Band 7:
Robert Hippe

Deutsche politische Gedichte

2. Auflage 68 Seiten

Bestell-Nr. 0626-2

Baumann - Biermann - Becher - Below - Brecht - Delius - Enzensberger - Fried - Fürnberg - Gomringer - Grass - Heine - Hoffmann v. Fallersleben - Holzapfel - Karsunke - Kunert - Luckhardt - Morawietz - Pottier - Radin - v. Saar - Scherchen - Schneckenburger - U. Schmidt - Schuhmann- Vesper - Walraff - Weinheber - Wessel - Zimmerling.

Band 8:

Edgar Neis

Die Welt der Arbeit im deutschen Gedicht

100 Seiten

Bestell-Nr. 0627-0

Barthel - Bartock - Billinger - Brambach - Bröger - Chamisso - Dehmel - Dortu - Engelke - Freiligrath - Grisar - Heine - Herwegh - Jünger - Krille - Lersch - Lessen - Naumann - Petzold - Pfau - Piontek - Rilke - Schreiber - Seidel - Weerth - Weinheber - Wieprecht - Winckler - Zech.

Band 9:

Edgar Neis

Deutsche Tiergedichte

136 Seiten

Bestell-Nr. 0628-9

Barth - Bergengruen - Billinger - Boretto - Brecht - Britting - Busch - Claes - Dauthendey - Dehmel - Domin - Droste-Hülshoff - Eggebrecht - Eich - Freiligrath - Gellert - Gleim - Goethe - Grillparzer - Groth - Härtling - Hagedorn - Haushofer - Hausmann - Hebbel - Heine - Hesse - Huchel - F.G. Jünger - W. Lehmann - Liliencron - A.G. Kästner - Keller - Kolmar - Krolow - C.F. Meyer - Morgenstern - Pfeffel - Piontek - Rilke - Ringelnatz - Eugen Roth - N. Sachs - Schaefer - Trakl - Vring - Weinheber - Wiedner - Zachariae - Zuckmayer.

Band 10:

Edgar Neis

Städte und Landschaften im deutschen Gedicht

168 Seiten

Bestell-Nr. 0629-7

Teil I: Borchert – Sidow – Guesmer – Rilke – Grass – Le Fort – Karsunke – Aue – Zeller – Loerke – Fontane – Eich – Bleisch – Körner – Hauptmann – Bobrowski – Stadler – Goll – Reinfrank – Kunze – Zech – Becker – v. Droste-Hülshoff – Busta – Heine – Altenbernd – Wiedner – Stoltze – Kaschnitz – Hannsmann – Schnack – Hölderlin – Barthel – Mörike – Britting – George – Roth.

Teil II: Fontane – Heise – Kalkreuth – Zweig – Rilke – Rheiner – Goll – Salus – Brecht – Bachmann – Lehmann – Wagner – Benn – Schneider – v. Platen – Huchel – Hesse – Krtappen – Kaschnitz – Celan – Britting – Kasack – Kraus – Boretto – Schaefer – Bachmann – v. d. Vring.

Interpretationen zeitgenössicher Kurzgeschichten

Edgar Neis

5. Auflage, 80 Seiten

Bestell-Nr. 0600-9

Band 1: Aichinger, Puppe - Bender, Schafsblut - Bergengruen, Fahrt des Herrn von Ringen - Böll, Ungezählte Geliebte - Brecht, Unwürdige Greisin - Britting, Märchen vom dicken Liebhaber - Ernst, Förster und Wilddieb - Le Fort, Turm der Beständigkeit - Hochhuth, Berliner Antigone - Hofmannsthal, Lucidor - Kafka, Ehepaar - Kaschnitz, Das dicke Kind / Schneeschmelze - Kühner, Es gibt doch noch Wunder - Malecha, Probe - Risse, Gottesurteil - O. Schaefer, Frühe Vision - W. Schäfer, Mozarts Begräbnis - Schnabel, Hundert Stunden vor Bangkok / Sie sehen den Marmor nicht.

Robert Hippe

5. Auflage, 80 Seiten

Bestell-Nr. 0601-7

Band 2: Andres, Trockendock - Benn, Gehirne - Bergengruen, Arzt von Weißenhasel / Legende von den zwei Worten - Böll, Bahnhof von Zimpren / Besenbinder / Erinnerungen eines jungen Königs / So ein Rummel - Brecht, Augsburger Kreidekreis - Döblin, Ermordung einer Butterblume - Dürrenmatt, Tunnel - Eich, Stelzengänger - Franck, Das verstandene Gedicht - Gaiser, Ein Mensch, den ich erlegt habe - Hampel, Das mit dem Mais - Hildesheimer, Eine größere Anschaffung - Kafka, Kübelreiter / Sorge des Hausvaters - Kasack, Mechanischer Doppelgänger - Langgässer, Die getreue Antigone / Untergetaucht - Musil, Portugiesin - Risse, Verkehrsunfall - Schnurre, Ein Fall für Herrn Schmidt.

Karl Brinkmann

4. Auflage, 80 Seiten

Bestell-Nr. 0602-5

Band 3: Aichinger, Plakat - Alverdes, Die dritte Kerze - Böll, Damals in Odessa / Mann mit den Messern / Lohengrins Tod / Wanderer kommst du nach Spa ... - Borchert, Die lange, lange Straße lang / Generation ohne Abschied / Lesebuchgeschichten - Eisenreich, Ein Augenblick der Liebe - Gaiser, Brand im Weinberg / Du sollst nicht stehlen - Langgässer, Die zweite Dido / Glück haben - Lenz, Jäger des Spottes - Schnurre, Die Tat - Spang, Seine große Chance - Spervogel, Hechtkönig - Wiechert, Hauptmann v. Kapernaum / Hirtenknabe.

Martin Pfeifer

4. Auflage, 84 Seiten

Bestell-Nr. 0603-3

Band 4: Aichinger, Hauslehrer / Nichts und das Boot - Bender, Die Wölfe kommen zurück - Böll, Über die Brücke / Es wird etwas geschehen - Brecht, Mantel des Ketzers - Britting, Brudermord im Altwasser - Eich, Züge im Nebel - Ernst, Das zweite Gesicht - Fallada, Lieber Hoppepoppel - Franck, Taliter - Hesse, Beichtvater / Bettler - Johnson, Jonas zum Beispiel - Kusenberg, Eine ernste Geschichte - Langgässer, Saisonbeginn - Le Fort, Frau des Pilatus - Meckauer, Bergschmiede - Pohl, Yannis letzter Schwur - Rinser, David - Schäfer, Hirtenknabe - Schallück, Der Tod hat Verspätung - v. Scholz, Das Inwendige - Walser, Ein schöner Sieg - Weisenborn, Aussage.

Edgar Neis

3. Auflage, 56 Seiten

Bestell-Nr. 0604-1

Band 5: Borges, Das geheime Wunder - Calderón, Invasion - Callaghan, ein sauberes Hemd - Campos, Solidarität - Carson, Ein Mädchen aus Barcelona - Hemingway, Die Killer - Huxley, Schminke - Joyce, Eveline - Katajew, Die Messer - Mansfield, Für sechs Pence Erziehung - Manzoni, Die Repräsentiertasse - Olescha, Aldebaran - Saroyan, Vom Onkel des Barbiers, dem von einem Zirkustiger der Kopf abgebissen wurde - Sarte, Die Mauer - Timmermans, Die Maske.

Karl Brinkmann

3. Auflage, 80 Seiten

Bestell-Nr. 0605-X

Band 6: Andersch, Sehnsucht nach Sansibar - Böll, Wie in schlechten Romanen /Undines gewaltiger Vater - Gaiser, Das Wespennest / Fünfunddreißig Meter Tüll / Der Motorradunfall - Grass, Der Ritterkreuzträger - Hildesheimer, Nächtliche Anrufe - Holthaus, Geschichten aus der Zachurei / Allgemeines / Wo liegt Zachzarch / Das Wirtshaus Zum Vollautomatischen Bären - Lenz, Masurische Geschichte / Der Leseteufel / So schön war mein Markt / Der große Wildenberg - Kramp, Was der Mensch wert ist - Reding, Die Bulldozer kamen / Während des Films / Jerry lacht in Harlem / Fahrerflucht - Schnurre, Wovon der Mensch lebt - Walser, Die Artikel, die ich vertrete.

Rudolf Kanzler

64 Seiten

Bestell-Nr. 0606-8

Band 7: Aichinger, Die Silbermünze - Altendorf, Der Knecht Persenning - Andersch, Ein Auftrag für Lord Glouster - Bauer, Hole deinen Bruder an den Tisch - Britting, Der Gang durchs Gewitter - Dörfler, Der Kriegsblinde - Hesse, Das Nachtpfauenauge - Hildesheimer, Der Urlaub - Kaschnitz, Gespenster - Lenz, Die Nacht im Hotel - Th. Mann, Das Eisenbahnunglück - Noack, Die Wand - Ohrtmann, Der Sched ist wieder da - Rinser, Der fremde Knabe - Schallück, Unser Eduard - Wiechert, Mein erster Adler.

Edgar Neis

80 Seiten

Bestell-Nr. 0607-6

Band 8: Andersch, Grausiges Erlebnis - Bachmann, Alles - Bender, In der Gondel / Fondue - Bichsel, Tochter - Bobrowski, Epitaph für Pinnau - Bolliger, Verwundbare Kindheit - Brecht, Wiedersehen - Eisenreich, Der Weg hinaus - Fritz, Schweigen vieler Jahre - Fühmann, Judenauto / Schöpfung - Gaiser, Gazelle grün - Heissenbüttel, Wassermaler - Kaschnitz, Das rote Netz - Kunert, Fahrt mit der S-Bahn - Nossack, Das Mal - Reinig, Drei Schiffe - A. Schmidt, Resümee - Walser, Tänzer / Knabe - Wohmann, Ich Sperber / Der Schwan / Knurrhahn-Stil.

Robert Hippe

72 Seiten

Bestell-Nr. 0608-4

Band 9: Aichinger, Fenster-Theater - Bichsel, Holzwolle - Brecht, Vier Männer und ein Pokerspiel - Frank, Die Monduhr - Fuchs, Gedankenaustausch - Geißler, Kalte Zeiten III - Heckmann, Die Wohltaten des Löffels / Das Henkersmahl - Holthaus, Warhaftige Geschichte von der Spazierfahrt - Kaschnitz, Popp und Mingel / Christine - Klose, Am roten Forst - Kunert, Andromeda zur Unzeit - Lenz, Die große Konferenz - Magiera, In den Sand geschrieben - Marti, Neapel sehen - Mechtel, Ein kleiner Tag - Nossack, Helios GmbH - Novak, Schlittenfahren - Weissenborn, Die Stimme des Herrn Gasenzer / Die Sache mit Dad - Wohmann, Denk immer an heut nachmittag - Weyrauch, Mit dem Kopf durch die Wand - Wohmann, Die Klavierstunde - Zeller, Der Tumbau.

Edgar Neis

80 Seiten

Bestell-Nr. 0609-2

Band 10: Bernhard, Die Mütze - Bichsel, San Salvador / Ein Tisch - Bobrowski, Lipmanns Leib - Brecht, Das Experiment - Brückner, Lewan / Schwierigkeiten beim Ausfüllen eines Meldezettels / Ein Pferd ist ein Pferd - Dürrenmatt, A's Sturz - Gaiser, Fällung eines Teichs - Hildesheimer, Nachtigall - F.G. Jünger, Urlaub - Kaschnitz, Eisbären - Koeppen, Baseballspieler - Kunert, Zirkuswesen - Musil, Das Fliegenpapier - Novak, Abgefertigt - Reinig, Skorpion - A. Schmidt, Sommermeteor - Weyrauch, Beginn einer Rache.

Wolfgang Kopplin

Kontrapunkte

160 Seiten

Bestell-Nr. 0547-9

Kontroversinterpretationen zur modernen deutschsprachigen Kurzprosa.
Prosatexte, zwischen 1963 und 1975 entstanden, dienen dem Autor dazu, die dialektische Methode des Pro und Kontra als Interpretationsansatz anzuwenden. Dem Primärtext schließen sich jeweils die Kontroversinterpretationen an. Ein Buch, welches Anregungen zum Verstehen und zur Entschlüsselung von Texten gibt.
Inhalt: Texte von Artmann - Bichsel - Dellin - Gerz - Gregor - Kunert - Reinig - Schnurre u.a. werden in einer Pro- und Kontra-Interpretation vorgestellt.

Albert Lehmann

Erörterungen

Gliederungen und Materialen
Methoden und Beispiele

3. verb. Auflage, 168 Seiten

Bestell-Nr. 0476-6

Die vorliegende Sammlung von 58 Gliederungen, die durch Erläuterungen - vornehmlich Beispiele - zu den einzelnen Gliederungspunkten erweitert sind, sollen die Wiederholung des Jahresstoffes erleichtern.
Stoffkreisthemen: Natur - Tourismus - Technik - Freizeit - Arbeit/Beruf - Konflikte zwischen den Generationen - Drogen - Kinder und Familie - Die Stellung der Frau in der Gesellschaft - Sport - Massenmedien und viele Einzelthemen.

Für Lehrer ein unentbehrliches Nachschlage- und Vorbereitungsbuch.

Birgit Lermen /

Matthias Loewen

Trickfilm als didaktische Aufgabe

Band 1: Sekundarstufe I
232 Seiten - Fotos
Bestell-Nr. 0618-1

Band 2: Sekundarstufe II
Bestell-Nr. 0619-X
216 Seiten - Fotos

Die Untersuchung über den Trickfilm als didaktische Aufgabe trägt der unterschiedlichen Ausgangslage in den beiden Stufen des Sekundarunterrichts Rechnung durch die Aufteilung in zwei Bände.

Band 1 stellt sich gezielt auf die Bedürfnisse und Erwartungen der Sekundarstufe I ein. Aus der Eigenart des Mediums Trickfilm wird ein Analyse-Instrumentarium entwickelt, dessen Brauchbarkeit an 13 Filmen unterschiedlicher Herkunft erprobt wird. Auf der damit geschaffenen Grundlage wird ein didaktisch-methodisches Konzept erstellt.

Band 2 orientiert sich an den Bedürfnissen der Sekundarstufe II. Eine semiotische Einführung erweitert und vertieft die in Band I erstellte Grundlage. Im Mittelpunkt stehen wieder die Einzelanalysen, deren Zahl des größeren Umfangs wegen auf zwölf reduziert ist.
Wie in Band I soll beides - Analysen und Einführung - als Basis dienen für didaktische Fragestellungen und Entscheidungen.
Die Auswahl der Filme wurde in beiden Bänden bestimmt durch :

a) das Ausleihangebot der Stadt und Kreisbildstellen in der Bundesrepublik,
b) die ästhetische Qualität,
c) die thematische Relevanz,
d) die didaktische Potenz.

Martin H. Ludwig
Das Referat

Kurze Anleitung zu einer Erarbeitung und Abfassung für Schüler und Studenten.

Bestell-Nr. 0646-7

Planen und Sammeln - Bibliographieren - Schreiben und Zitieren - Lesen und Notieren - Auswerten und Gliedern - Der Text - Der Vortrag.

Martin H. Ludwig
Praktische Rhetorik

Reden - Argumentieren - Erfolgreich verhandeln

Grafiken - 136 Seiten

Bestell.-Nr. 0688-2

Praktische Rhetorik ist ein Übungsfeld für jedermann! Ob bei der Sammlung von Gedanken, bei der Konzentration der Argumente, bei der Gestaltung einer Rede, in der Rücksichtnahme auf den Verhandlungspartner, bei der Vorsicht vor „gefährlichen" Redewendungen.

Aus dem Inhalt: Formale Rhetorik - Dekorative Rhetorik - Verwendung von Argumenten in der Verhandlung - Psychologie in der Verhandlung - Einzelne Techniken zur Durchsetzung von Anliegen - Positive Verhandlungstechniken - Wie wehre ich mich gegen ...? - Typische Verhandlungssituation - Wann sind welche Techniken angebracht?

Methoden und Beispiele der Kurzgeschichten Interpretation

3. Auflage, 64 Seiten

Bestell-Nr. 0585-1

Herausgegeben und erstellt von einem Arbeitskreis der Pädagog. Akademie Zams.

Methoden: Werkimmanente, existenzialistische, grammatische, stilistische, strukturelle, kommunikative, soziologische, geistesgeschichtliche, historisch/biographisch/symbolistische Methode.

Beispiele: Eisenreich - Cortázar - Dürrenmatt - Brecht - Horvath - Bichsel - Kaschnitz - Lenz - Weißenborn - Rinser - Borchert - Nöstlinger - Wölfel - Langgässer.

An Beispielen ausgewählter Kurzgeschichten werden die einzelnen Methoden der Interpretation demonstriert und erläutert. Information und Nachschlagewerk für den Unterricht in den Sekundarstufen.

Edgar Neis
Das neue große Aufsatzbuch

-Methoden und Beispiele des Aufsatzunterrichts für die Sekundarstufen I und II -

212 Seiten - 5. Auflage

Bestell-Nr. 0636-X

Inhalt:
Zur Technik des Aufsatzschreibens - Stoffsammlung und Disposition - Wie schreibe ich eine Charakteristik? - Wie schreibe ich eine Erörterung? - Der dialektische Besinnungsaufsatz - Themen und Aufsätze zu Problemen unserer Zeit - Aufsätze zur Literatur - Wege der Texterschließung - Interpretationshinweise - Fachbegriffe der Aufsatzlehre (Lexikon der Terminologien) - Vorschläge für Aufsatzthemen - Themenkatalog für das Ende des 20. Jahrhunderts - Literaturnachweis.
Dieses Buch richtet sich an Lehrer und Schüler von Haupt-, Real- und Oberschulen (Gymnasien).
Breit einsetzbar in Grund- und Leistungskursen.

Edgar Neis
Deutsche Diktatstoffe -Unterstufe-

3. bis 7. Jahrgangsstufe
6. Auflage, 64 Seiten

Bestell-Nr. 0524-X

Edgar Neis
Moderne deutsche Diktatstoffe

-Sekundarstufe I-

5.-10. Jahrgangstufe

Bestell-Nr. 0693-9

Beide Bände sollen der Einübung und Wiederholung der Rechtschreibung und Zeichensetzung dienen. Jeder Band gliedert sich in zwei Teile, einen systematischen Teil, der zielbewußter Einübung von Wörtern, deren Schreibung Schwierigkeiten bereitet, dient und einen allgemeinen Teil. Dieser bringt zusammenhängende Diktatstoffe aus dem deutschen Schrifttum. Die Namen der Verfasser bürgen für die Stilhöhe der einzelnen Texte.

Edgar Neis
Interpretationen von 66 Balladen, Erzählgedichten und Moritaten

Analysen und Kommentare
5. Auflage, 176 Seiten

Bestell-Nr. 0590-8

Balladen des 18., 19. und 20. Jahrhunderts werden in diesem für Lehrer, Studenten und Schüler bestimmten Band ausführlich interpretiert und durch Erklärungen Verständnis für diese Art Dichtung geweckt. Eine unentbehrliche Hilfe für den Deutsch- und Literaturunterricht.

Aus dem Inhalt: Bürger - Herder - Goethe - Schiller - Uhland - Eichendorff - Heine - Droste-Hülshoff- Miegel - Brecht - Huchel - Celan - Chr. Reinig - Kunert u.v.a.

Edgar Neis

Interpretationen motivgleicher Werke der Weltliteratur

2. Auflage, je 144 Seiten

Dramatische, epische und lyrische Gestaltung der bekanntesten Stoffe der Weltliteratur werden mit knappen Inhaltsangaben vorgestellt und miteinander vergleichend interpretiert.

Band 1:
Mythische Gestalten **Bestell-Nr. 0548-7**

Alkestis - Antigone - Die Atriden (Elektra / Orest) - Iphigenie - Medea - Phädra

Band 2:
Historische Gestalten **Bestell-Nr. 0549-5**

Julius Caesar - Coriolan - Der arme Heinrich - Die Nibelungen - Romeo und Julia - Jeanne d'Arc / Die Jungfrau v. Orleans - Johann Joachim Winckelmann

Edgar Neis

Verbessere Deinen Stil

2. Auflage, 120 Seiten

Bestell-Nr. 0539-8

Der Autor versucht im vorliegenden Band vom grundlegenden Schema über Wortwahl und Satzgestaltung den Interessierten zu einer guten Ausdrucksform zu führen. Stil ist erlernbar, deshalb wurden im 2. Teil viele künstlerisch gestaltete, stilvolle Beispiele wiedergegeben.

Edgar Neis

Wie interpretiere ich ein Drama?

Methoden und Beispiele
2. Auflage - 224 Seiten

Bestell-Nr. 0633-8

Erstbegegnungen mit dramatischen Formen - Methode des Interpretierens - Wege zur Erschließung und Analyse eines Dramas.

Arbeit im Detail: Titel, Personen, Handlung, Aufbau, Sprache, Realisation, Bühnengestaltung, Regieanweisungen, sozio-kulturelle und historische Einordnung usw.

Modelinterpretationen - Zur Theorie des Dramas - Literaturverzeichnis.

Interessenten: Lehrer und Schüler aller Schulgattungen.

Edgar Neis

Wie interpretiere ich Gedichte und Kurzgeschichten?

13. Auflage, 208 Seiten

Bestell-Nr. 0530-3

Ein "Grundkurs", die Kunst der Interpretation zu erlernen und zu verstehen. Die tabellarischen Leitlinien führen den Benutzer des Buches zum Verständnis für diese Gattung der Poesie. Anhand von zahlreichen durchgeführten Interpretationen ist dieses Buch ein unentbehrliches Hilfsmittel für Schüler und Lehrer.

Reiner Poppe

Aufsätze im Deutschunterricht der Sekundarstufe I

Themen - Techniken - Beispiele

ca. 144 Seiten

Bestell-Nr. 0464-2

Das Aufsatzbuch ist für Schüler und Schülerinnen der Sekundarstufe I verfaßt. Es setzt Materialien und Techniken, Beispiele und vermittelnde Information ein, um den Schüler zum Verfassen eigener Texte **methodisch** anzuleiten. Die im Kapitel 4 vorgetragenen Beispiele erfassen in **kommunikativen Anwendungssituationen** die wichtigsten Textsorten:
Erzählbericht - Bericht - Beschreibung - Erörterung - (dialektischer) Besinnungsaufsatz - Interpretation. Der Schwerpunkt liegt dabei auf **alltagsrelevanten, pragmatischen Varianten** dieser Grundformen (Brief, Klappentext, Bedienungsanleitung, Sachtext, Inhaltsskizze, Leserbrief etc.)

Gliederung: Aufsatzformen nach Jahrgangsstufen geordnet/'richtlinienkonform' - Themen zum Üben - Techniken-Hilfsmittel, Beispiele (exemplarisch) - Glossar - Literaturhinweise.

Reiner Poppe

Rechtschreibsicherung

Texte und Übungen für die Klassen 5 und 6

196 Seiten

Bestell-Nr. 0595-9

Zum Selbstunterricht mit Hinweisen zur Handhabung sowie didaktischen und methodischen Anleitungen für Unterrichtende.
Zu ausgewählten Rechtschreibschwierigkeiten wurden **Texte mit vielgestaltigen Übungen** in Einzelkapiteln zusammengefaßt. Jede Textgruppe ist mit einer knappen **Zusammenfassung** des voraufgegangenen Lernstoffes sowie **Erprobungsdiktaten** abgeschlossen. Testdiktate beschließen den Übungsteil. Es wurde besonders darauf geachtet, daß der Lernende Schwierigkeiten bewußt erfährt, **Lösungswege** und **Hilfen eigenständig** formuliert und **systematisch** üben kann.

Klaus Sczyrba

50 Kurzdiktate

für die 4. - 7. Klasse
mit 250 Übungsmöglichkeiten

116 Seiten + Lösungsheft

Bestell.-Nr. 0477-4

Der bekannte Autor Klaus Sczyrba bringt wieder eigene Diktate für rechtschreibschwache Schüler und Schülerinnen zum häuslichen Arbeiten.

Für die Hand des Lehrers als Kurztest-Übungen im Unterricht bestens geeignet. Der Autor hat selbst im Unterricht erfolgreich damit gearbeitet.

Klaus Sczyrba

Lebensnahe Grammatik für die Grundschule

für das 2. bis 4. Schuljahr

140 Seiten

Bestell-Nr. 0673-4

Die alltäglichen Begebenheiten zweier Kinder sind lebendige Einstiege in alle Bereiche der Grundschulgrammatik. In übersichtlicher Weise werden alle notwendigen Kenntnisse zur Beherrschung unserer Sprache kindgemäß vermittelt, die in den angegliederten Übungen angewandt werden können. So ist dieses Büchlein sehr hilfreich für den Unterricht in der Schule und die häusliche Einzelarbeit.

Klaus Sczyrba

Lebensnahe Sprachlehre in der Grundschule

50 Unterrichtsentwürfe für die Einführung aller wesentlichen Gebiete.

112 Seiten, Illustrationen

Bestell-Nr. 0615-7

Neubearbeitete 2. Auflage

Diese Unterrichtsentwürfe haben sich als eine vielbegehrte Hilfe erwiesen und ermöglichen, daß der sonst so trockene Stoff der Sprachlehre lebensnah, auf lustbetonte Weise eingeführt wird.
Jeder Entwurf ist eine Unterrichtseinheit, die sich über einen längeren Zeitraum erstreckt.

Klaus Sczyrba

Lebensnahe Grammatik für die Sekundarstufe I

5.-10 Klasse
Mit 100 Übungen + Lösungsheft

128 Seiten

Bestell-Nr. 0474-X

Wesentliche Ursache für die Fehlerhäufigkeit in der Rechtschreibung ist in der mangelnden grammatischen Erkenntnis zu suchen.
Das Buch will hier Abhilfe schaffen. In übersichtlicher Anordnung bietet es in den für das Leben wichtigen Bereichen der Grammatik viele Beispiele und Übungsmöglichkeiten.

Klaus Sczyrba

Rechtschreib-Olympiade

Übungen mit Lösungen für die 5.-7. Klasse

136 Seiten + Lösungsheft

Bestell-Nr. 0475-8

Unser Erfolgautor Klaus Sczyrba bringt mit diesem Band ein lebensnahes Rechtschreibbuch auf den Markt, welches durch seinen Wettbewerbcharakter sicher viele Übende ansprechen wird.
Kurze Übungstexte zu den Schwierigkeiten der deutschen Sprache werden allen Benutzern Hilfe geben und einprägsam zukünftige Fehler vermeiden helfen.

Englisch

Peter Luther/Jürgen Meyer

Englische Diktatstoffe

Unter- und Mittelstufe Sekundarstufe I)

64 Seiten

Bestell.-Nr. 0647-5

Beginnend mit einfachsten Texten und Erklärungen wird hier der Benutzer der Bücher mit der englischen Grammatik, Wortlehre und Rechtschreibung vertraut gemacht. Die Texte geben Hinweise auf die Vorbereitung zur Nacherzählung und sind gestaffelt nach Schwierigkeiten und Themengruppen. Worterklärungen und Übungen zur Selbstkontrolle runden den Band ab.

Jürgen Meyer/Gisela Schulz

Englische Synonyme als Fehlerquellen

Übungssätze mit Lösungen

116 Seiten

Bestell.-Nr. 0596-7

Dieses Übungsbuch will helfen, die im Bereich der Synonyme immer wieder auftretenden Fehler zu vermeiden. Die Aufstellung ruht auf Beobachtungen, die die Verfasser im Unterricht gemacht haben und erhebt keinen Anspruch auf Vollständigkeit. Dier Übungssätze wurden so formuliert, daß die wichtigen Bedeutungsnuancen so klar wie möglich hervortreten. Die zur Kontrolle beigefügten Lösungen geben an, ob und wo Fehler gemacht worden sind.

Jürgen Meyer

Deutsch-englische/ englisch-deutsche Übersetzungsübungen

9.–13. Klasse

2. Auflage - 104 Seiten

Bestell.-Nr. 0594-0

Texte für Fortgeschrittene, die ihre Kenntnisse in Wortanwendung und Grammatik erweitern und überprüfen wollen.
Zu den zeitgemäßen deutschen Texten wurden die Vokabeln und deren Anwendungsmöglichkeiten gegeben und erklärt.
Am Schluß des Bandes die englischen Texte zur Kontrolle.
Breit einsetzbar in den Sekundarstufen, Grund- und Leistungskursen.

Jürgen Meyer/Ulrich Stau

Englisch 5./6. Klasse

Übungen mit Lösungen

128 Seiten - Viele Zeichnungen

Bestell.-Nr. 0687-4

Der gesammte Stoff Englisch der 5. und 6. Klasse wird in diesem Nachhilfebuch wiederholt. Die Benutzer können anhand von Übungen ihr Wissen testen und im Lösungsteil nachschlagen.

Der Stoff wurde den einschlägigen Lehrwerken an den Schulen der verschiedenen Bundesländer angeglichen um eine Benutzung nicht von den verschiedenen Kriterien der Bundesländer abhängig zu machen.

Den Schülerinnen und Schülern wird hier echte 'Lernhilfe' geboten!

Jürgen Meyer

Übungstexte zur englischen Grammatik

9. – 13. Klasse

2. Auflage - 96 Seiten

Bestell.-Nr. 0567-3

Der Band enthält Übungsmaterial zu aktuellen Fragen, u.a. Sachtexte zu Personen, wissenschaftliche Entdekkungen und zeitgeschichtlichen Ereignissen, die über das heutige Großbritannien und die USA informieren. Die Texte sind mit ausführlichen Hinweisen zu den Vokabeln sowie Übungen zur Syntax und zum Wortschatz versehen. Diskusssionsvorschläge und ein sorgfältig aufbereiteter Schlüssel bieten zusätzliche Unterrichtshilfen. Das Buch ist sowohl für Gruppenarbeit als auch für das Selbststudium geeignet.

Edgar Neis

Übungen zur englischen Herübersetzung

108 Seiten

Bestell-Nr. 0542-8

Das Übungsbuch richtet sich an den Schüler, der ohne Hilfe eines anderen selbständig die Fertigkeit des Übersetzens aus dem Englischen erlernen will. 38 Texte aus Literatur und Sachschrifttum, jeweils mit Vokabelangaben versehen, kann der Übende ins Deutsche übertragen und anhand des Lösungsteils auf seine Richtigkeit hin überprüfen.
Die Texte eignen sich im Unterrichtsgebrauch als Übungen zur Nacherzählung und Grammatik.

Edgar Neis

Wie schreibe ich gute englische Nacherzählungen?

6. Auflage - 84 Seiten

Bestell-Nr. 0526-6

Langjährige, im gymnasialen Englischunterricht auf der Mittel- und Oberstufe, sowie bei zahlreichen Abiturprüfungen gewonnene Erfahrungen haben zur Herausgabe dieses Buches geführt. Texterfassung und -darstellung, Wortschatzerweiterung, Regeln der Stillehre, Erzählstil, idiomatische Redewendungen, Homophone, unregelmäßige Verben, Comment u.v.a.
Musterbeispiele als Vorlagen für Lernende.

Französich

Klaus Bahners

Französischunterricht in der Sekundarstufe II

(Kollegstufe)

Texte - Analysen - Methoden

104 Seiten

Bestell-Nr. 0565-7

Dieses Buch wendet sich an alle, die jetzt oder künftig auf der neugestalteten Oberstufe (Sekundarstufe II) Französischunterricht erteilen; vor allem an jüngere Kollegen und Referendare, aber auch an Studenten, die sich auf den Übergang vom wissenschaftlichen Studium zur pädagogischen Umsetzung vorbereiten wollen.

Paul Kämpchen

Französische Texte zur Vorbereitung auf die Reifeprüfung

80 Seiten

Bestell-Nr. 0522-3

Übungen für Grammatik, des Stils und eine der Prüfungsarten - die Nacherzählung - sollen hier dem Anwärter zur Prüfung nahegebracht werden. Kurze und lange Nacherzählungstexte mit Worterklärungen stehen hier als Übungstexte zur Verfügung.
Der Schüler oder Student kann anhand dieser Kurzgeschichten seine sprachliche Beweglichkeit unter Beweis stellen. Kleine und leichte Stücke, die sich nur für Anfänger und wenig Fortgeschrittene eignen, wurden weggelassen.

Alfred Möslein/
Monique Sickermann-Bernard

Textes d'étude

64 Seiten

Bestell-Nr. 0523-1

25 erzählende Texte aus der neueren französischen Literatur als Vorlagen für Nacherzählungen und Textaufgaben.
Durch unterschiedliche Längen und Schwierigkeitsgrade, sowie durch breitgefächerte Thematik eignen sich diese Texte als Lektüre und Ausgangspunkt für Diskussionen im Unterricht. In den "Suggestions" findet man einige Anregungen für Übungen, die sich an die reine Textbehandlung anschließen können. Die Worterklärungen sollen das Verständnis der Texte erleichtern.

Werner Reinhard

Französische Diktatstoffe Unter- und Mittelstufe

1./2. Unterrichtsjahr, sowie 3./4. Unterrichtsjahr

3. Auflage - 96 Seiten

Bestell-Nr. 0532-0

Die nach dem Schwierigkeitsgrad geordneten Texte sind überwiegend Erzählungen und Berichte von Begebenheiten des täglichen Lebens, wobei unbekannte Vokabeln beigegeben sind. Mit den Texten lernt der Schüler die gehobene Umgangssprache, d.h. Vokabular und Wendungen, die er später für eigene Textproduktionen verwenden kann. Den Texten vorangestellt sind Bemerkungen zur Rechtschreibung, die nützliche Rechtschreibregeln enthalten.

Werner Reinhard

Übungstexte zur französischen Grammatik

9. - 13. Klasse

2. Auflage - 128 Seiten

Bestell-Nr. 0543-6

"Übungstexte zur französischen Grammatik" wendet sich an Lernende, die bereits einige grammatische Kenntnisse haben, sie jedoch festigen und vertiefen wollen. Es eignet sich aufgrund umfangreicher Vokabelangaben, sowie des ausführlichen Lösungsteils, zum Selbststudium und vermag bei Schülern ab Klasse 9 Nachhilfeunterricht zu ersetzen.
Die textbezogenen Aufgaben berücksichtigen insgesamt die wichtigsten grammatischen Gebiete, ein Register ermöglicht auch systematisches Vorgehen.

Werner Reinhard

Übungen zur französischen Herübersetzung

96 Seiten

Bestell-Nr. 0537-1

40 franz. Texte aus Literatur und Sachschrifttum, jeweils mit Vokabelangaben versehen, kann der Lernende ins Deutsche übertragen und anschließend, anhand des Lösungsteiles, seine Fassungen auf ihre Richtigkeit hin überprüfen. Dem Verfasser kam es bei den deutschen Übersetzungen nicht auf prägnanten Stil an, es ging ihm vielmehr um die inhaltlich richtige und vom Schüler nachvollziehbare Übersetzung. So enthalten die Herübersetzungen jeweils auch Anmerkungen mit wörtlichen Entsprechungen, Varianten und Hinweisen zur Grammatik. Breit einsetzbar in den Sekundarstufen.

Christine und Gert Sautermeister

Der sichere Weg zur guten französischen Nacherzählung

-Zur Methodik des Hörens und Schreibens im Französischunterricht-

118 Seiten

Bestell-Nr. 0534-7

Der erste Teil des Buches will auf die Bedingungen richtigen Hörens aufmerksam machen und Wege zum besseren Hören skizzieren. Der zweite Teil gibt Anregungen, die Grundrisse des Textes, der Gelenkstellen, Höhepunkte, Pointen nochmals zu vergegenwärtigen. Spezifische Formulierungsprobleme der Nacherzählung entfaltet der dritte Teil.

Werner Reinhard

Kurze moderne Übungstexte zur französischen Präposition

120 Seiten

Bestell-Nr. 0568-1

In einem lexikalischen Teil gibt das Übungsbuch zunächst einen Überblick über die Anwendung der wichtigsten Präpositionen. Auch die Präpositonen als Bindeglied zwischen Verb und Objekt bzw. Infinitiv (vor allem à und de) wird berücksichtigt. Listen erleichtern dabei systematisches Lernen.
Im anschließenden Übungsteil kann der Benutzer seine Kenntnisse überprüfen. Vorherrschende Methode ist die Einsatzübung. Mit dem Lösungsteil eignet sich das Buch gut zum Selbststudium. Einsetzbar für den Unterricht in den Sekundarstufen.

Gemeinschafts-kunde

Peter Beyersdorf

Die Bundesrepublik Deutschland

Arbeitsheft zur Sozial- und Gesellschaftskunde

Band 1:
Strukturen und Institutionen
mit Text des Grundgesetzes
124 Seiten
Bestell-Nr. 0507-X

Band 2:
Parteien und Verbände
84 Seiten
Bestell-Nr. 0508-8

Band 3:
Außenpolitische Entwicklung
72 Seiten
Bestell-Nr. 0509-6

Diese Reihe wurde vor allem für den Bereich der politischen Pädagogik geplant: für Lehrer und Schüler also in erster Linie. Das gilt für Gymnasien und höhere Schulen insgesamt, für Berufsschulen und nicht zuletzt für den großen Bereich der Erwachsenenbildung in den Volkshochschulen.
Jedes Heft enthält neben dem Textteil einen Dokumentenanhang und ein Literaturverzeichnis, darin wird auf spezielle, einzelne Themen vertiefende Bücher hingewiesen.
Mit Hilfe dieser "Arbeitshefte" wird es dem Benutzer möglich, die grundsätzlichen politischen Zusammenhänge unseres Gemeinwesens und die Struktur der internationalen Politik zu erkennen. Dazu werden nicht nur Daten und Fakten geboten, sondern zugleich auch deren Erklärung und Interpretation. Stand 1970!

Latein

Reinhold Anton

Die Stammformen und Bedeutungen der lateinischen unregelmäßigen Verben

Anleitung zur Konjugation von etwa 1600 einfachen und zusammengesetzten unregelmäßigen Verben.

5. verbess. Auflage - 40 Seiten

Bestell-Nr. 0500-2

Oswald Woyte

Latein-Gerüst

Der gesamte Stoff bis zur Sekundarstufe II (Kollegstufe) in übersichtlicher Anordnung und leichtverständlicher Darstellung mit Übungstexten, Übungsaufgaben und Schlüssel.

Teil 1: **Formenlehre**
116 Seiten
Bestell-Nr. 0552-5

Teil 2: **Übungsaufgaben und Schlüssel zur Formenlehre**
144 Seiten
Bestell-Nr. 0553-3

Teil 3: **Satzlehre**
104 Seiten
Bestell-Nr. 0554-1

Teil 3: **Übungsaufgaben und Schlüssel zur Satzlehre**
72 Seiten
Bestell-Nr. 0555-X

jeweils 2. Auflage

Die vier Bände ersparen den Lernenden die Nachhilfestunden und bieten ein unentbehrliches Übungs- und Nachschlagewerk bis zur Reifeprüfung.
Der Autor hat aus seiner Praxis als Oberstudiendirektor die Schwierigkeiten der lateinischen Sprache für den häuslichen Übungsbereich aufbereitet und leicht faßbar erläutert. Lernanweisungen sollen das Einprägen erleichtern.

Friedrich Nikol

Latein 1

Übungen mit Lösungen für das erste Lateinjahr in zwei Bänden.

Band 1/**Erstes Halbjahr**
mit Lösungsteil
Bestell-Nr. 0634-3

Band 2/**Zweites Halbjahr**
mit Lösungsteil
Bestell-Nr. 0635-1

In beiden Teilbänden wird der gesamte Stoff des ersten Lateinjahres behandelt.

Latein 2

(2. Lateinjahr)

Bestell-Nr. 0638-6

Der lateinische Wortschatz ist in den Büchern genau angegeben und den verschiedenen lateinischen Unterrichtswerken angepaßt, die in den einzelnen Bundesländern zugelassen und eingeführt sind.
Bei gründlicher häuslicher Nachhilfe mit den Büchern wird der Übende immer mehr Freude an Latein bekommen und bald wird sich auch der Erfolg bei den Leistungen in der Schule zeigen.

Suchen Sie wortgetreue Übersetzungen und Präparationen zu Ihren Schullektüren römischer und griechischer Klassiker?
Sie finden in der **„Kleinen Übersetzungsbibliothek"** in 500 Bänden im Kleinformat wörtliche deutsche Übersetzungen.
Fordern Sie das ausführliche Verzeichnis an.

Mathematik

Bernd Hofmann

Algebra 1

Mathematikhilfe für die 7./8. Jahrgangsstufe weiterführende Schulen

216 Seiten

Bestell-Nr. 0580-0

Friedrich Nikol
Lothar Deutschmann

Algebra 2

Übungs- und Wiederholungsbuch für die 9. und 10. Jahrgangstufe

168 Seiten - Viele Abbildungen

Bestell-Nr. 0645-9

Helmut Kürzdörfer

Geometrie 1

Mathematikhilfe für die 7./8. Jahrgangsstufe weiterführende Schulen

232 Seiten

Bestell-Nr. 0581-9

Diese Bücher sind im wesentlichen auf den Lehrstoff des 7. bis 10. Schuljahres abgestimmt. **Sie gliedern sich in Kontroll-, Übungs- und Lösungsteil.** Ausgerichtet sind sie als unterrichtsbegleitende Werke auf Schüler und die ihnen hilfreich zur Seite stehenden Eltern. Nützlich sind sie aber auch wegen des großen und vielseitigen Angebots an Übungsaufgaben (mit vollständigen Lösungswegen) **für Lehrer.** Von ähnlichen Unterrichtshilfen heben sie sich durch die kurze, übersichtliche und verständliche Darstellung sowie durch gute Überprüfbarkeit der Kenntnisse ab. (Besprechung der Bibliothekszentrale, Reutlingen).

Lothar Deutschmann

Mathematik

Wegweiser zur Abschlußprüfung
Mathematik I, II und III an Realschulen

Anhang: Reifeprüfungsaufgaben mit Lösungen 1980/1981/1982/1983

168 Seiten + 121 Abb.

Bestell-Nr. 0644-0

Ein erfahrener Pädagoge erteilt Nachhilfeunterricht in Mathematik.

In anschaulicher Weise werden den Benutzern Aufgaben aus der Mathematik an Realschulen vorgeführt, erklärt und mit Lösungsweg und Lösungen beschrieben.

Ruth Kirchmann

Zielscheibe Mathematik

Wenn Schüler vor Mathematik zurückschrecken, liegt es häufig an den Lücken, die irgendwann entstanden sind und das Verständnis des ganzen folgenden Unterrichtsstoffes blockieren.
In diesen Nachhilfebüchern, die auch zum Nachlernen für zu Hause geeignet sind, finden sich Schüler schnell zurecht.

Dezimalzahlen

78 Seiten - viele Abbildungen
+ 8 Seiten Lösungsheft

Bestell-Nr. 0671-8

Johannes Lorenz

Mathematik-Gerüst – Unterbau

6. Auflage - 84 Seiten

Bestell-Nr. 0558-4

Sammlung von Formeln und Sätzen mit zahlreichen Musteraufgaben und vielen Figuren.

Inhalt: Zahlenrechnen - Algebra - Gleichungen - Logarithmen - Geometrie - Stereometrie - Trigonometrie.
Dieser Band richtet sich an den Lernenden, der in kurzer Form seine Kenntnisse wieder auffrischen möchte und anhand von Musteraufgaben Lösungswege rekonstruieren will.

Bis Sekundarstufe I.